マイネフント Ⅲ

僕らとセンセと音楽の物語

丸山 幸子

Sachiko Maruyama

文芸社

プロローグ

　こんにちは、僕はニコ。あの『マイネフントⅠ』で最後に登場したニコだよ。理不尽な別れ方をしたので一時はしょげ込んでいた僕だけど、広い宇宙の無数の星の中で出会った「チョコおじさん」のおかげで、丸山家の人々のことを色々と知ることが出来た。

　そうしているうちにいつしか時が流れて、「チョコおじさん」も遥か彼方のもう一つの宇宙に旅立ってしまった。とうとう一人ぼっちになってしまった僕の前に、何と「チョコおじさん」に似た、僕より少し大きくて身体の大部分が茶色の毛で覆われた、一見コリー種と思われる老犬が現れた。

　僕は思わず、

「チョコおじさん！」

　と呼んでしまった。すると老犬は少し驚いたように僕を見て、それでも久しぶりに聞いた犬の声を懐かしそうに、

「今、何て言った。ワシは『チョコ』じゃないよ。『スマイル』っていうんだよ」

　と答えてくれた。そして、僕の鼻に自分の鼻を押し付けてきて、

「フーン、お前さんはこの流星群の中に、いつ頃から住みついていたのかね」

と尋ねてきた。

僕は嬉しくなって、持ち前のあの鼻をヒクヒクさせる動作をしながら、

「そう、僕はネ、ずっとずっと昔、一九四五年の、とある日からここに居るんだよ。だからもう半世紀以上も経っているんだけど、僕の身体は滅びても魂だけが残っているみたいなんだ。それはそうと、すごい記憶装置を神様が残して下さったようで、さっきひょっと口に出た『チョコおじさん』との出会いによって昔語りを聞くことが出来たり、それに僕自身が見聞きしてまとめた物語が、『マイネフントⅠ』という本になったりしたのさ」

「おお、『マイネフント』、何か聞いたことがあるな。それは、ワシの第二の飼主（実質育ての親）である幸子センセが書いた書物ではないのか」

「おじさん、今何て言った！　幸子センセ！　それは僕の知っている幸子じょうちゃんではないかな。今どこに住んでいるの」

「幸子センセは、今は大分県別府市の中須賀だが、三十年前は同じ市内の秋葉に居たって言っておるよ」

「えっ、秋葉！」

僕はほんとに久しぶりに聞く地名に躍り上がらんばかりに驚いて、スマイルおじさんの前でひっくり返って見せた。するとスマイルおじさんは、

「お前さんは余程、その幸子じょうちゃんとやらが好きだったと見えるな」

と言って僕のお腹を舐めながら、

「でも、お前さんよりワシの方が長い付き合いだぞ、かれこれ二十年くらいになるからな」

と、ちょっと偉そうに言って、おもむろに、

「それなら、ワシが幸子センセについて、知っている限りの話をするから、お前さんはその記憶装置とやらを駆使して、書物になるようにまとめるんだな」

と、僕にはちょっと荷の重い仕事を押し付けてきた。それでも僕は幸子じょうちゃんのことを知りたくてOKをしてしまった。

そうしてスマイルおじさんは長い、長い思い出話をし始め、僕はそれを真面目に聞きながら記録することになったのである。

目次

第3章　充実する「大分第九」

第4章　行事への参加

第5章　二十世紀の終わりに

第6章　二十一世紀へ

第7章　密度の高い「第九」へ

第8章　終わりのない「第九」

第1章

ボク「スマイル」の登場

一 センセとの出会い

一九八八年三月三十一日、幸子センセはいわゆる定年退職をした。

民間企業は本人の誕生日を以て定年とするらしいが、学校では年度末が定年となっているようである。未だによくは分からないが、年金法の改正で本当の六十歳より一年早く辞める方がいいらしいので、五十九歳で定年となった。普通、学校は非常勤講師として再雇用するのだが、専任でないということは何となく気分的に面白くないからと（主観的に）幸子センセはさっさと「ただの人」になった。

近所の奥さんから、

「センセ、顔つきが優しくなりましたネ」

と言われたとか、本人は大満足であった由。その優しくなった幸子センセとボクの出会いから物語は始まる。

それは一九八八年五月の、ある日のことである。

ボクが店（N美容室）の前で雨に濡れているのを、幸子センセは目ざとく見つけ、ピンク色のバスタオルを持って来てくれたのが出会いとなった。

ボクはまだ生後三か月くらいだったので、体長が五十センチもあっただろうか。それでも若干コリー犬に似た様相をしていて、上品そうな犬に見えたようである。

ボクはあまり人に馴れ馴れしくしない性格だが、そこは犬の本能で、

「これは相当犬好きのお人だ」

と直感して、すぐ彼女の手を舐めた。彼女もすかさずボクの鼻面を掴んで、

「お前は何ていうの」

と聞いてきた。

やがて店の主人が出てきて、

「これはスマイルっていうんだよ」

「へー、面白い名前ね」

そんなやりとりがあってボクは店の中に入れてもらい、その日彼女は家へ戻っていったのだったが、それからボクは、なぜか幸子センセの犬であるかのような状態になっていったのである。

そうなったことの一つには、ボクの居場所が彼女の家の近くに位置していたからなのだ。

美容室の駐車場が彼女の家の北側にあり、ボクはその屋根の柱に繋がれることになった。

家との境界が六段ブロックで仕切られているのだが、ボクはそこを乗り越えることも出来るし、彼女が勝手口のドアを開けると、ちょうどこちらの様子を垣間見ることも出来るようになっていた。

どうしてか店の主人はあまり犬の散歩をしないので、それならと犬好きの幸子センセが自然に、散歩ばかりか躾の意味も含めて面倒を見るようになっていった。

ボク自身は小型コリー犬という触れ込みだったが、実はコリーの雑種で、足指のところに何やらおかしげな塊があって、普通の値で売買する対象にはならなかったようだ。それで少しひがんでもみたのだが、その方がかえって良かったのかもしれないと、いまさらのように運命のいたずらをひしひしと感じている。

毎朝六時ともなれば五月の太陽はかなり上っていて、ボクは「クーン」と二、三度鼻を鳴らす。すると、幸子センセが二階から下りてくる。その気配を感じると、ボクは急いで散歩に向かう体勢を整える、つまり進行方向に身体を向けるのである。

やがて勝手口のドアが開いて、彼女がリードとビニール袋、手袋を手に、

「スマイル、待ってろよ」

と長靴をはいて、ボクの方へ塀を廻って近づいてくる。ボクは首を長くして彼女を待ち、尻尾を振る動作を繰り返す。すると彼女はボクの首輪にリードをかけ、ボクの頬を軽くたたいて、

「出発進行」

と言う。

男みたいな掛け声だが、ボクはこれが気に入っていて、彼女の横にピタッとくっついて散歩の第一歩を踏む。

一〇〇メートルくらい歩くと、そこには神社がある。正式には「八幡石垣神社」という、境内には楠や銀杏、そして桜の大木があって、お宮らしい雰囲気を漂わせている。その奥にある古びた社《やしろ》に一礼してから、日本の原風景ともいえるような田畑のある農業地域に歩みを進める。古い形の農家の家屋や、それを取り巻く畑や未だに稲を作る田圃までが残っており、その畦道がボクの散歩道となるのである。

幸子センセが長靴をはくのはそのためでもあろうか、畦道はあまり人が通らないので草が生い茂り、時には田圃から水が流れ出ていることもある。ボクはピチャピチャとそこを歩くのだが、あまり気持ちのいいものではない。チラッと彼女を見上げると、センセは、

「スマイル、早く行こう行こう」

と言ってリードを引っ張る。

その道のりが一キロメートルもあろうか、ようやくそこを抜けると住宅街に入る。それまでとは違って、道はアスファルト舗装になっている。朝だからまだそんなでもないが、それでも少しボクの足の裏が熱く感じるから、真夏などとても歩けやしないだろうと思いつつ、それでも彼女に従って家路に就く。

約三十分の散歩の時間、その付近の人々はあまり起きていないようだったが、朝食の支度か、時には干物を焼く匂いがすることがある。

家に着くと、元の居場所に戻ってリードを別の紐（後には鎖）につなぎ替えられる。それから、

「待ってろよ」

の指示で温和《おとな》しく待っていると、幸子センセは主食が入っている器を塀の上に置いて、ぐるりと塀を廻ってきて、そこで朝食の儀式が始まるのである。

まずは「お座り」をさせられ、次に「お手」を左右代わるがわるにし、そして「お預け」である。犬として最低限の行儀作法であるが、彼女はそれに加えて自分の手の平にメインのおかずを載せて、わざわざボクの口元に持ってくるのである。ボクは食べずに我慢強くその儀式を終了してから、やっと器に口を運ぶことになる。

「おいしいか」

彼女の声に激励されたかのようにボクは器をカタカタ鳴らしながら食べ、水をカプカプと飲んでみせる。すると彼女は満足げに、
「ヨーシ、今日はこれで終わり、またね」
と言って家に戻る。その繰り返しが以後十八年も続くのであった。

二 出会いの前に

さて本当の飼主がいるのに、なぜセンセがボクの面倒を見るのか不思議であるが、それにはこんな理由があるという。

無類の犬好きのセンセが、秋葉の家からこの中須賀に移って来て犬を飼わぬ筈がない。まさに秋葉時代（一九四五年～一九八二年）には、「ブル」「ジロー」「タロー」と三匹を連続的に飼っていた。

ブルは十三年、ジローは十六年、タローは五年の間であった。ブルもジローもそれぞれが天命を全うしたのだが、タローは五歳の時、身内の人を咬んだということで処分されることになった。その時のセンセの行動に、彼女自身深く反省し後悔しているのである。そ

して、それ以来絶対に犬は飼わないと心に誓った。センセは今でもタローへの鎮魂歌を色紙にしたため、八月が来るとそれを飾ってタローの冥福を祈るのである。

そのようなこともあり、センセが育ての親のようになって、今は亡きタローの分まで可愛がってもらっているという訳だ。

だからボクは他から見るとセンセの犬のように見えるが、登録上は美容室の主人の犬で、毎年きちんと狂犬病予防の注射に出向いている。その時の獣医さんが、

「温和《おとな》しい犬ですね」

とちょっとお世辞みたいなことを言いながら、ピュッと首と背中の間くらいに針を刺すのだが、ボクはあまり痛いとは思わないから、本当に針が刺さっているかどうか疑問である。いやこれはセンセに似て鈍感なのかもしれない。

事の成り行きで早々とボクの散歩の話に及んでしまったが、桜の四月も過ぎて新緑の五月に入った頃、幸子センセの生き方を一八〇度変えるようなことが起きた。そして、これが大げさに言えばライフワークのようになった。

それはセンセが「第九」、正確に言えば「大分第九を歌う会」に入会したことである。

三 「大分第九を歌う会」へ

それはまさしく青天の霹靂であった。戦中、戦後と正当な音楽とは無縁だったセンセが「第九」を歌うというのである。

ボクなんか「ダイク」「ダイク」と言うから大工さんのことかと思ったりしたが、散歩の時、センセの口から漏れてくる音によって、

「これは今まで聞いたこともない音色と言葉だ。センセはこれから何をするというのだろうか？」

ボクはその音色が漏れてくるたびにセンセを見上げるのだった。

どうして「大分第九を歌う会」に入ったかというと、彼女の言い分はこうである。

「在職中、年末になると『第九』演奏会のチケットが誰彼なしに廻ってくる。お付き合いで購入しても、年末の多忙の時期に（私学では入学試験準備に追われる）聴きに行くことさえ出来なかったので、自由な時間を持てるようになったら真っ先にその会に入って、あ

わよくばステージの人となろう」

なるほど、なるほど。何だかボクには分かるような気がする。センセは教科指導だけではなく、いつも裏方を引き受けていたようで、他人様が休んでいる時、年末、年度末は殊の外忙しく、特に年度末から年度始めにかけては、ゆっくりと花見などもしたことがないのを聞いていたからだ。

でもボクにはセンセの「第九」のメロディーは何だか馴染めなく、むしろおかしくさえ思った。後で分かったことだが、彼女の属するパートはアルトで、はっきり言ってメロディーらしいものがないといっていい程、単調なものなのである。下手をすればお経になってしまうのではないかとさえ思う。それでは、どのパートが良いかと言われると、これも困ってしまうのだが、ソプラノはとても高音で人間の声ではないと思うようなところがあるし、男声になるがテノールもしかり、バスになると、よくぞこんな地底を這うような低音が出るものだと感心してしまう。ボクなりに思うのは、ベートーヴェン様の音の組み合わせというか、しゃれた言葉でいうとハーモニーにはシャッポを脱がざるを得ないのである。

いや、そんなことよりもセンセの「大分第九を歌う会」入会の時の印象について、述べなければならない。

一九八八年五月二十九日、センセは「第九の会」の事務局長の指示通り大分県立芸術短期大学音楽ホールに向かった。

ＪＲで別府大学駅から大分駅へ、そこから大分バスに乗って上野丘のバス停で下車し会場へ。一時開場であるが、少し早かったのか会員はまばらであったように記憶している。

そのうちに三々五々集まってきて、ホールはほぼ会員で埋まる。やがて発音と発声。その後パートごとに分かれて練習となるが、アルトはそのままホールで練習。それが済むと総合練習で、合唱指導の野崎哲先生が登場。センセは発音も音程も定かではないので、ただ聞くだけである。

「折角だから声を出してみようではないか」

といっても音が定かではないから言葉にならない。「ダイネツアーベル」くらいならと声を出してみるのだが、思うのと実際とは全く違うことを思い知らされ、それからはセンセとボクとの散歩中の自己研修となった次第。誰が迷惑かというと、ボクとその周辺の田や畑、そして雑草とはいえ花も実もある草花であったのはいうまでもない。

一応総合練習が終わると、事務局長の村津忠久氏がミーティングと称して次の練習日のことや、その他のことを口頭で伝える。声は大きいしユーモアはあるし、伝達事項はしっかりと会員に伝わる筈ではあるが、ここでまたセンセの職業病というか、何か文書にしたものが欲しいなどと、つまらぬ希望を述べたばっかりに『第九通信』なるものを作ることになってしまった。それこそステージに立つことのみを念頭におけばいいのに……。

ボクはセンセと付き合って十八年間、彼女がまるでベートーヴェン様の勉強にとりつかれたように図書館通いをしていたことを知っているだけに、何か記録に残したいと思うようになった。現在進行中の「第九」との付き合いを中心に、その過去つまり創成期も知りたいし、出来たら「大分第九の歴史」のようなものが作れないものだろうかと思案していた。

ボクは早速、声をかけてきたニコに言うと、彼は、

「いやー、スマイルおじさん！　すごいよ。チョコおじさんと同じように、頭の中に色々とインプットしているんだね。僕はちょっと思い違いをしていて、幸子じょうちゃんのことばかりを語ってくれると思っていたら、何とベートーヴェンについてだって？　そりゃ大変だよ。ボクの探査機によると、ものすごい量のベートーヴェンの資料があるんだよ。その整理をするだけでも大変なのに」

「いや、何とかなるさ、幸子センセはパソコンも出来るし、資料の整理や編集等もすごい能力を持っているよ」

「さすが僕の幸子じょうちゃんじゃないか。それじゃスマイルおじさん、頼んだよ。資料

がまとまったら原稿を送ってよ。僕の記憶装置にガタがこないうちにパンパンにインプットするからさ」

ボクはここでまたニコという強力な知的援助者を得て、センセが入会した「大分第九を歌う会」について記録を、一応頭の中に残すことにした。


いよいよセンセは「大分第九を歌う会」の一員として、一九八八年十二月十六日、大分文化会館で、九州交響楽団と共にベートーヴェンの「第九交響曲」の合唱部分を歌うことになる。ボクが驚くよりセンセ自身も、

「これは大変なことになった。少しばかりドイツ語が好きだからといって、楽譜に従って歌うなんて出来るだろうか。でも、入会した以上はやらねばならない」

と思ったそうだが、事務局長の最初の言葉に彼女は力づけられたという。

「理屈じゃないんです。ただ実践あるのみ。歌うことです」

「そうだ、そうだ」

ボクもまさしくそう思う。というのは、これから先ボクは彼女の下僕になって、「第九」の練習に付き合わねば、朝飯にありつけないからな。少々音がおかしくなっても、発音がドイツ語らしくなくたって、我慢しようと妙な決意をしたのである。

「大分第九を歌う会」は、年が明けるとその年の方針が決まり、会員募集が行われる。四月になると結団式があり、続いて一回目の練習が始まる。幸子センセは結団式より一か月遅れで入会したので、人一倍の努力を強いられた。

その時のアルトパートの指導者は北村宏通先生、全体の合唱指導は野崎哲先生。北村先生は「大分第九の夕べ」の初回、一九七七年にバリトンのソリストを務められ、野崎先生も初回から「第九の夕べ」にたずさわっておられる。

さらに掘り下げると「大分第九」の生みの親は、事務局長の村津氏ではないだろうか。村津氏の「大分第九」の立ち上げについて、話を要約するとこうである。

『「第九」を歌おう！　言い出しっぺが誰であろうと、歌いたい意志のある人達が集まって歌おうではないか。オーケストラは？　未だそのようなものはない。なければピアノでよいではないか。ソリストは？　地元の方でよいではないか。会場は？　大分は大分県立芸術会館、大分文化会館、別府は別府国際観光会館がある。それぞれ、一〇〇〇名、二〇〇〇名を収容できる。集客は？　それは合唱団員が努力すれば何とかなるのでは。つまり手作りの金のかからない「第九」演奏会にしよう』

そうして一九七七年の十二月十七日は大分で、十八日は別府で「第九」の演奏会の幕が上がったのである。その時のピアニストは上床育子さん・嶋田美佐子さん、指揮は野崎哲氏、ソリストはソプラノ中本達美さん、アルト鈴木美智代さん、テノール山崎正博氏、バリトン北村宏通氏、合唱団の参加数は大分一一二名、別府一〇八名であった。

ボクもだんだん身体が大きくなってきたようではあったが、それでもまだ小さい子供と一緒になって遊びたい気持ちで、夏休みのラジオ体操には毎日参加した。

子供たちは、まわらぬ口で「スマイル」と呼び、中には「スマ」と言う子もいて、いつの間にか短縮して「スマ」「スマ」と呼ばれるようになった。センセまでもが「スマ」、時には「スマ公」と呼んだ。

暑い夏が過ぎて、新しい本番指揮者の小泉ひろし氏が見えるというので、「ウィーン風」にと、予めその指導が野崎先生からあった。

幸子センセは、それどころかやっとドイツ語を覚えられたというところで、ボクはいつものように、ある部分お経のようなアルトの旋律に辟易しながら散歩に付き合っていた。

前にも散歩道の情景を述べたが、秋が近づくとそれこそ田圃の様相が変わってくる。今まで緑であった稲が少しずつ黄色くなって、やがて穂が出てくる。毎日のことだから、観察日記でも書いておけばいいのにと思うのだが、センセは「第九」で頭が一杯のようで、それは僕の老婆心でしかない。

茂みの中を通る僕にくっついてくる、ドロボウ草（ヌスビトハギ）や、ひっつき虫（オ

ナモミ）を見て、
「スマ公よ、勲章つけてどこへ行く」
なんて全く意味のないことを言っては、リードをひょいと引く。ボクも、
「こんなの苦手なんだけどさ、どうせセンセが取ってくれるからいいや」
と草むらから急いで出てくる。シオンの紫の花が、さわさわと秋風に揺れているのも、この田畑の秋の風景の一つである。

ベートーヴェンの「第九」で「ウィーン風」ってどんなものなのだろう。音楽オンチの幸子センセには、より興味の湧くところである。

ベートーヴェンについての研究家、その音楽について造詣の深い方々や専門家にはとても及びもつかないが、どうせ乗りかかった船、研究などとはおこがましくて言えないが、少し読書でもしてみようかと、またまたセンセの悪い癖が始まった。

たまたま家には『世界音楽全集』（河出書房）二十七巻がある。レコードの曲や作曲家、背景などの解説が写真入りで載っているもので、戦後の出版物としてはかなり豪華なものであった。この代物は本屋さんの勧めで購入したものであるが、センセはあまり活用には及んでいなかったのである。

思い出して頁をめくってみると、解説の部分が当時（一九六〇年）のカラー印刷として

はかなりの出来映えで、夢を描かせるものだった。彼女はレコードを聴くより、その解説を見ている方が多かったようである。特にバッハやヘンデル、ベートーヴェン、シューベルト、ブラームス、シューマン（ドイツ系）、ショパン、リスト（ポーランド）等、彼女が実際にヨーロッパ旅行をした時の記憶を、一層引き立たせるに十分であった。

犬のボクと違って、センセは人間そのものである。人間は脳のつくりが動物と違って、すごい細胞の塊（知識）があり、その知識を他のものに伝える手段を持っている。それ以上に考える能力があるのだ。

ボクだって少しは考えるけれども、それを伝えるのはなかなか骨が折れるものであることを知っているから、人間であるセンセを尊敬すべきであると思っている。だから彼女が、少しでもベートーヴェンに関する知識を持つことには大賛成である。

四 「第九通信」発行と初舞台

センセはベートーヴェンについて少しでも知識を得てくると、今度はそれを何らかの方法で伝えたくなったようだった。

何かいい方法がないものか。はたと気が付いたのは、この会には「会報」のようなものがないことだった。そこで早速事務局長に、

「あのう、何か伝達機関というか、文書のようなものはないのでしょうか?」

と言ってみた。

「そう、今まではありません。もしあなたが作って下さるならいいですよ」

とびっくりするほど早く反応があって、彼女は一瞬たじろいだが言い出しっぺだから、

「それでは、来年度から始めましょうか」

と言ってしまった。

新入会員で、まだステージに立ったこともないセンセの強心臓。でもそのことが、より彼女をベートーヴェン様に近づけるための勉強の道を開いたのである。ボクはその時、

「おお、これはベートーヴェン様がお笑いになるぞ」

と思ったが、犬ゆえに、そのことが言えないまま今日に至っていることが残念でならない。

「ウィーン風」の「第九」に話を戻すと、指揮者の小泉ひろし氏は桐朋学園大学卒業後、民音コンクール三位に入賞し、一九七〇年ウィーン国立音楽大学に学び、在学中ウィーン・トーンキュンストラー管弦楽団などを指揮し、そこで最優秀賞を得て卒業しているの

で、たぶん「第九」の指揮もその雰囲気ではないだろうか、ということなのである。

書物を紐解いていくうちに、センセはベートーヴェン様についての認識が誤っていたと述懐している。彼女が言うにはベートーヴェン様は、あの顔とは似ても似つかないロマンチストで、それこそウィーンそのものではないかというのである。

なぜなら、ベートーヴェン様が一七七〇年ボンに生まれ、一八二七年に没したその間の社会情勢を見た時に、交響曲の中で第三番や第五番が生まれたのは当然のことだし、第九に至っては彼自身の身体的なこともあったかもしれない。シラーの詩を用いたのは、これ以上の社会の混乱はあってはならないし、それには世界の人々よ、みんな兄弟ではないか、手をつなごう、地にひれ伏して神に祈りを捧げようと、渾身を込めて願ったものと考えられるからである。

何はともあれ小泉ひろし氏による「ウィーン風」の「第九」の練習は、日頃の会場である芸術短期大学の都合で、別府市の中央公民館で行われた。

暖房のないホールは、冷え冷えとしてあまり良いコンディションではなかったこともあってか、これまで七年間も続いた黒岩英臣氏の指揮を懐かしむ声がチラホラ聞かれたが、初心者のセンセには、ただレガートで歌うようにということしか印象に残らなかった。

本番が近づいてきて、センセは白色のブラウスと、黒色のロングスカートを購入した。馬子にも衣装というが、白ブラウスに黒ロングスカートをはくと合唱団の団員らしくなった鏡の自分を見て、

「まんざらでもないな」

などと自己満足していた。

いよいよ本番当日、この年の十二月の風は冷たく、センセはブラウス一枚では寒いと思って長袖の下着を着用したが、これは間違いだったと今でも悔いている。

初めてクラシックを歌うためにステージに立つ興奮と、ステージのライトの熱で汗ばむ状態だった。それと第三楽章まで約三十分座っているということに不馴れで腰の痛いこと、手に汗を握って第四楽章を待ったことが記憶に新しいという。

だが小泉流第三楽章は、いささか長かったようである。緊張していたにもかかわらず、ちょっと眠気をもよおしたようで、しばしば目を見開いて常態を保つのに懸命だったのは彼女ばかりではなかったそうで、少し気が楽になった。

終わりの「ゲッテル、フンケン」の後、これでもか、これでもかというような後奏が続いてピタリと止まる。「第九」演奏の終了である。ものすごい拍手が、一番後列の幸子センセまで届く。

「やった!」

「歌い終えた」

完全ではないが、とにかく初めて演奏会のメンバーとして歌った。

彼女は頬を紅潮させ、胸の高鳴りを少なくとも感じ取っていた。今までに、このような興奮をしたことがあっただろうか。飛び上がりたいような衝動に駆られながら、ステージを後にした。

別の小ホールにはレセプションの用意がされていて、着替えを終えた団員たちが三々五々集まってきた。夥しい花束や贈物が控室の前の廊下に積まれていて、それを見てまわるのも一仕事であったが、センセは予め友人には断っていたので、手ぶらというのが少し寂しい気もしない訳でもなかった。

事務局長の村津氏が総合司会を務め、後はM氏が引き受け、小長会長の挨拶、指揮者、ソリストの順に講評というか感想を述べ、十年・五年表彰、皆勤、精勤の表彰があった。センセは精勤で、指揮者、ソリストのサイン入りの色紙を頂いた。この年は皆勤が一人であったようだが、後にはぐんと増えている。

縁の下の力持ちとでもいうのか、レセプションでいい気持ちになっている時に、黙々と後片付けをしている団員がいて、センセは何か胸に迫るものがあり、早速来年からはボランティアをしようと思ったそうである。

五　新しい試み「夏季合宿」

一九八九年、歴史的なことが起こった。昭和天皇の崩御である。

激動の昭和を生きられた天皇は、遂に一月七日、八十七歳の生涯を終えられた。センセは昭和の初めに生まれ、そのほとんどを昭和天皇の歴史の中に生きてきたようなものだから、天皇制や元号の問題などとは別に「昭和は終わった」の感慨は一入《ひとしお》であったろうと、ボクなりに彼女を慰めてやりたいような気持ちになっていた。

「大葬の礼」が行われたその日に「大分第九」の反省会が行われ、センセも参加していた。その反省会は来年度に向けての出発でもあって、指揮者、ソリストを決定し、三月には団員募集の案内と、今年の予定を既会員に通知するものであった。そして、本格的に「大分第九を歌う会」の通信を発行するということも、加えて発表された。資料というか原稿は事務局長が用意されるが、それを編集するのがセンセで、更にそれを活字にするのも彼女に任せられて、いよいよ「第九通信」が発行されることになったのである。

すでにパソコンの時代に入っていたが、センセはワープロに馴れてもいたし、フロッピーやインクなど付属品もかなりストックがあったので、一応ワープロを使うことにした。「第九通信」の題字は、団員のM氏の作品で今日なお継続している。内容は、伝達事項のほかに「私のひとこと」というみんなの様々な思いを載せる欄を設けた。

二号には、村津事務局長がこのように書いている。

『昭和五十二年一月、五里霧中で練習を始めた「大分第九」も、その年の暮れから演奏会をもって今年は十三年。フォルカー・レニッケ氏の北ドイツ風から、黒岩英臣氏の超ダイナミック式を経て、小泉ひろし氏のウィーン風へとかわってきました。

今年入団なさる新会員の方は、何のことだろうと見当のつかない感じでしょうが、そこは伝統のもつうれしさ、段々に判ってまいります。

ご来場のお客様も毎度の常連。今年は演奏会の演出も工夫するつもり。本番まで、あと二三八日、みんなの心のつながりを大切にしながら楽しく練習しましょう』

さてその「第九通信」一号であるが、B4サイズで演奏会や練習の日程について書かれ、「大分第九」の年会費が一〇〇〇円となっている。

特記すべきことは「夏季合宿」が入っていることである。現在は廃屋になっているが、別府市郊外の志高湖畔に位置した国民宿舎「しだか」を合宿会場にし、「延岡第九」の方たちも参加されて、有意義な合宿となった。その感想をソプラノのKさんが、次のように述べている。

『とにかくとても楽しかった合宿でした。日豊「第九」連合の方たちと交流を持てたことは私自身にとっても大変プラスになりました。延岡は今年で正念場を迎えていますが、そのような時に大分・佐伯の方たちと話をし、ともに練習できたことは、とても有意義で無言の励みを頂いた気がします。また練習だけでなく村津さんの貴重な話をして頂いた事も良かったと思います。そして何よりも「夜なべ懇談」がもっとも楽しく皆さんと愉快に話をできたことが最高でした。できれば来年もこのような合宿を計画して頂いて、また延岡から是非参加したいと思います』

六 「平成」へ

一九八九年、昭和天皇の崩御によって、元号が「平成」と改められた。

そのことは「第九通信」の内容とはあまり関係はないのだが、「通信」にはやはり（平成〇〇年）と、西暦年号の下に入れることにした。二号には練習ピアノ担当に上月寛子さん、森佐智子さんが決まり、ソリストのソプラノに友永葉子さん、アルトに恵藤美紀さん、テノール宮田武久氏、バリトン北村宏通氏と案内通りに記載されている。三号にはFさんが寄稿してくれた。

『私が「第九」を歌ったのは高校三年の時。藤沼先生のご指導のもと、三〇〇人の大合唱であったことが、何にもまして深い懐かしい思い出。「大分第九の夕べ」が催されて十二年、できる限り拝聴しているが、なかでも一九八七年の演奏は印象的であった。黒岩英臣氏の大分での最後の指揮に、合唱も呼応して熱がこもっていた。私も思わず口ずさんでしまっていたのである。

大分に定着した「第九の夕べ」も、いまや大分の文化として、人々の心を温かく包んでくれている。私にとって「第九」は、遠い青春への回帰、未来への活力を補給してくれる〝命の泉〟である。ともあれ「第九の夕べ」の弥栄《いやさか》を祈るばかりである』

この年の六月三日、事務局長と北村先生が全日本「第九を歌う会」に出席され、村津氏は副会長に選出されている。

そして翌四日、「鳴門第九」の会員と共に、記念演奏に参加されたとのこと。県外からも八十七名が参加している。センセは、この時初めて鳴門での「第九」演奏のいわれを知り、自分もいつか一度は参加しようと思ったのだった。

第2章

成犬になったボクの目

一　野崎先生の音楽講座

ボクも一年も経つと、もう立派な成犬になった。センセとの散歩は相も変わらず決まったコースを歩く。ところがである。世の中には心底から犬嫌いな人がいるのか、農家のオバさんがボクを仇のように嫌って、道を通させないようにするのである。つまり道の真ん中に突っ立っているのである。センセは、

「通してくださいよ。スマはいい子だからネ。さ、早く、早く」

と言ってボクを引っ張る。ボクも嫌な空気を感じるので、足早に横をすり抜ける。オバさんがなぜボクやセンセを目の仇にするのかは、ボクが畦道で片足を上げたのを見たのか、それともオバさん自身が畑で放尿していたのを見られたと思ってなのか、理由は分からないが、とにかく気分のいいはずである散歩の時間を嫌な雰囲気に汚されるのはたまらない。

人間は様々で、ボクのことを、

「温和《おとな》しい、いい犬ですネ」

なんて言う人もいるし、そういう人と出会った時には特に鼻をヒクヒク動かして顔をやや上向きにする。そして耳をやや後ろに流すようにすると、本当の犬好きの人は、

「愛想のいいこと」

と言って、ボクの仕草をより褒めてくれる。センセも大満足で、

「良かったね、スマイル。お前はいい子だよ」

と、頭を撫でてくれて鼻をぐっと掴む。これはあまり好きではないが黙っていい子になっている。

相も変わらずセンセは「第九通信」の制作に取り掛かっているのだが、少しでも音楽に関する記事を載せようと心がけている。

六号によると、一九八九年七月六日より十一日まで大分県立芸術短期大学で、野崎先生（第九の合唱指導）を講師にして、「楽しい音楽理論」講座が開かれている。参加者は三十一名で、ほとんどが「第九」の会員だが、センセもその一員になっていた。

テキストは彼女にとっては初めての音楽に関する書物である。とても一冊をマスターすることは出来ないが、何となく数学に似ているように思えて、もっと早くから会得していたら、音楽がどんなに楽しいものになっていたかと思ったりもした。

仕上げは「作曲」をしてみることだったが、とても作曲なんぞというところまでには至

らなかった。頭の中で描く楽譜と、実際に音にしてみるのとでは大変な違いがあって、宿題の作曲を提出するのが恥ずかしかったという。それでも何とか修了証書を手にすることが出来て、安堵した様子であった。

野崎先生の講義の基になったのは、先生の自著である『新しい楽典』(音楽の友社刊)で初版は一九七三年であるから、二十七刷を数えているのは知られざるベストセラーと言わざるをえない。宿題の作曲した曲の中で、優秀なものは短大の学生が実際に歌って披露されたが、センセの作品は、その中にはもちろん入ることが出来なかった。しかし先生ご自身が赤ペンで添削された楽譜は、唯一の記念になった。

二 「鳴門」は「第九」のふるさと

「第九通信」四号では「鳴門第九」について、次のように報じている。

『六月三日夜、徳島鳴門市文化会館で「全日本第九を歌う会」連合会が創立されました。東九州代表として、事務局長村津氏と副会長北村先生が出席。「全日本第九を歌う会」連合会の副会長に村津氏が選出されました。六月四日十四時より徳島交響楽団と鳴門第九会員二四〇名、県外より八七名の応援を得て記念演奏がなされ、成果を収めました』
そして、「鳴門第九」についての説明も加えられている。
『「第九のふるさとが鳴門」という理由は、一九一八年（大正七年）にさかのぼります。第一次大戦後、捕虜として鳴門の坂東に収容されていたドイツ兵が、故郷をしのんで六月一日に「第九」を歌ったことが、「第九」の日本初演であったといわれています。鳴門では戦後一九七八年から毎年六月の第一日曜日に「第九」の演奏会を催しているということです。当時はソプラノ、アルトも男声で歌い、楽器も手作りのものが多かったようです』

ところで、「第九通信」に「私のひとこと」欄を設けたら、またまた応募して下さった方がいて、センセは嬉しそうであった。ソプラノのMさんのひとこと。

『〝高音Gのｐｐ〟

五月の緑を存分にすいこんだ、空、風、陽光等々の自然は生気が漲っております。今回の練習は詩の最終節です。冒頭の遥か彼方から包みこむような、無限の大きさ、美しさで迫る感動の旋律、最後を高音Gのｐｐの余韻で締め括られます。

心の襞にしみ入るような透明なｐｐ、そして力強く堂々としたｐｐ、ここがソプラノの山場と毎年思いあぐねます。気持ちはいつもｐｐｐにして、響きを大事にして、と、歌いますが、思う域には遠く至難です。

ことしも第九に取り組む時期がやってまいりました。心で、そして全身を駆使してGのppに励みたいと思います』

三 巨匠「カラヤン」逝く

初めての試みの合宿に入る前に、「第九通信」六号は「音楽の帝王カラヤン逝く」の記事を載せている。

『カラヤンといえばベルリンフィル、ベルリンフィルといえばベートーヴェン、ベートーヴェンといえば「第九」!!

そのカラヤンが亡くなった。もうベルリンフィルによる生の演奏は永久に聴くことが出来なくなった。しかし、文明の発達のおかげで、ビデオやテープで演奏を聴き、偲ぶことが出来る。ところで、カラヤンは第二次大戦時はナチ党員だったそうである。しかし、ナチ党大会でベートーヴェンの「フィデリオ」を指揮したという。国家と個人、政治と芸術、まだまだ解らないことの多いこのごろである』

一九八九年七月十六日に急逝したヘルベルト・フォン・カラヤンは、その頃ヴィルヘルム・フルトベングラーの後任としてベルリン・フィルハーモニー管弦楽団の音楽監督を務め、その時期に併せてウィーン国立歌劇場の芸術監督の地位にもあったことからしても音楽（楽壇）の帝王とも呼ばれ、二十世紀後半のクラシック音楽界では最高の指揮者と呼ばれていたのは周知の通りである。

ところがカラヤンについて、朝日新聞の「窓」のコラムに論説委員室が次のように述べている。

『カラヤンは一九三三年四月八日、ザルツブルクにおいて当時オーストリアでは非合法政党だったナチスへの入党手続きをとった。ナチス党員名簿によると最初の入党後カラヤンは行方不明扱いとされ最初の党員番号は抹消されており、同年五月一日にウルムで再入党している』

難しい話になってきた。ボクは、毎日うまい食事と適当な運動（散歩）があれば十分に満足しているのだが、センセを含め、より高度に物事を考える方々は、カラヤンについて、その生涯から演奏について深く探求し一言も二言も述べられる。

センセがボクに、カラヤンの来日について話してくれたのをなぜか覚えている。その内容はというと、その頃つまり一九七三年十月二十七日（土）、センセは東京のＮＨＫホールの三階の真ん中の席に陣取って、カラヤン指揮でベルリン・フィルハーモニー管弦楽団による演奏を聴いていたのだ。彼女にとってNHKホールは初めてであったし、ベルリン・フィルとカラヤンとの組み合わせも、後にも先にも考えられないラッキーなものであった。センセはとにかく会場の雰囲気にのまれてか、ただただ感激して帰宅した。ボクは、センセの留守中食事にはありついたが（芳子姉が塀越しにくれた）、散歩に行けなかったので何となく気がムシャクシャして、ちょっと声高く吠えてしまった。

ちなみにカラヤンの来日は、一九五四年を皮切りにそれ以後十一回に及び、特に一九七〇年代はカラヤン人気が絶頂に達している。しかし一九八八年の四月二十九日から五月五日の公演を最後に、再び来日することはなくなった。

カラヤンが天に召された一九八九年は、歴史的に大変な年でもあった。ボクも成犬になっていてセンセの散歩のコースも体得していたし、大銀杏の真黄色い葉で埋め尽くされるお宮の境内を通って行くのが何とも風情があって心地良かった。

そんな日が続いた十一月の半ば、大変なニュースが飛び込んできた。「ベルリンの壁の崩壊」である。この年の五月にハンガリー政府がオーストリアとの国境の鉄条網を撤去したのを機に、西側への市民の流出が加速化していき、隣接する東ドイツは体制維持の歯止めを失っていった。そして、とうとうあの「ベルリンの壁」を、市民の手で打ち壊したのである。

それから一年後、一九九〇年十月に、東西ドイツは統一された。その時、市民たちはそれこそベートーヴェン作曲の交響曲第九番、第四楽章合唱「歓喜の歌」を歌ったのである。

君たちは崩れ伏すか
数百万の人たちよ
創造主をおまえはきづくか
世界よ
星の天幕の上に
彼をさがしもとめよ

——終楽章のシラーの詩　山根銀二訳——
（岩波ジュニア新書『ベートーヴェンの生涯』より）

まさにシラーの自由と平等と博愛を、世界は一つ、すなわち兄弟たちが手をつなぐことによって求めようとした心情が、東西ドイツの市民に果てしない天空から届いたのでもあろうか！　センセがこの「ベルリンの壁」について感慨深いのは、二十年前の一九六九年にこの地を訪れているからである。

ボクはセンセの影響か、あまりはしゃぐことは嫌いだ。もちろん、放し飼いの犬でもない。小型トラックの荷台に乗ってドライブするのが好きで、本飼主がトラックを動かす気配を感じると、いち早く立ち上がって、すぐにでも出発できるような体勢を取っている。

やがて飼主が、

「スマ」

と言って首輪を取り、リードをはずし、

「お前、肥えたのう」

と言いながらも抱きかかえて荷台に上げてくれる。それを聞いてかセンセがやって来て、

「ハイ、おやつ」

と言って紙袋を飼主に渡す。大好きなおやつをもらって、別大国道10号線をドライブするのがとにかく楽しいのだ。運転するという責任もなく、左右の山々（鶴見岳やそれに連なる山々）や、海（別府湾）の景色を、心ゆくまで眺められるのはすばらしいことである。でも十一月ともなると、風が冷たく鼻をヒクッと閉じるようにすることも何度かあった。

十二月に入ると、いよいよ「大分第九の夕べ」が開催される。センセは去年の経験から、より身軽な格好で出かけて行った。

小泉ひろし氏の指揮にも慣れて、歌詞もどうやら覚えたようであるが、「お立表」（並び順表）によって緊張することがある。それは別のパートの隣になることで、自分の声が消されてしまうことがあると、自分自身が本当に歌っているのかどうか不安になるということである。今年はテノールの隣で最前列、緊張の度合いが増してお腹が痛くなったように感じたと言っている。ボクは彼女でもそんなことがあるのかと、後日談を聞いて少しおかしかったが、音楽というのはやはり相当に難しいものなのだという再認識をした。

この時の感想文をアルトのKさんが寄せている。

『第九の練習会場であるこの芸術短期大学の公開講座を受講している時に、「大分第九を歌う会」の話がもちあがり、厚かましくもド・シロートの私がそのまま滑りこめたのはラッキーであった。十三年間第九を歌い続けているというと皆さん、

「まー、ベテランですね」

とおっしゃる。とんでもない！　少々惰性なきにしもあらずで、唯参加する事に意義をみつけているベテランにすぎない。（影の声）ゴケンソン。

年に一回の公演、その時が有頂天のときも、どん底のときも、その思いをこめて歌う。それぞれの人がそれぞれの第九にかかわりをもっている中で、一年一年いろいろな経験を積み重ね乍《なが》ら、「人生の歓び」を自分のものにできる迄、ここまで続けりゃあと四、五十年は続けなきゃと思っているこのごろです。

最後に何の会でも同じだが、陰で一生懸命お世話して下さっている方々がいるという事を今一度皆が再認識して感謝の念をもって、第九を歌っていくべきではないか？と自省をもこめて筆をおきます』

四　山下一史氏を指揮者へ

年末恒例の「第九」の演奏会が済むと、クリスマス、正月の準備と、年末は忙しく騒々しくなってくる。しかし以前のように、みんながニコニコして財布の紐をゆるめるようなことが少なくなっていた。それは、ボクの本当の飼主が営んでいる美容室に、如実に表れていたようである。今までは年末になると、パートを入れてお客をもてなしていたが、今は家族だけでうまくこなしているようであった。

つまり、一九九〇年はバブルの崩壊が始まった年として、経済史上に刻印を押されているのである。

そんな中でもボクは身体が大きくなったので、新しく首輪を買ってもらった。ブルーの少し大きめのもので、

「スマに一番早くお正月が来たね」
とセンセは言って、ボクをしっかりと抱いてくれた。そして、
「スマは風呂に入れてもらわないと、ちょっと臭いがするよ」
とつけ加えた。ボクも少し汚れているのを気にはしていたが、店が忙しそうなので我慢していた。

明けて一九九〇年、第十四回の「大分第九の夕べ」の企画が検討されることになった。指揮者が山下一史氏となる。彼のプロフィールはこうである。

桐朋学園大学卒業後、西ドイツ、ベルリン芸術大学に留学。一九八六年六月デンマークで開かれた『ニコライ・マルコ国際指揮者コンクール』で優勝、同年九月、ベルリン・フィルハーモニー管弦楽団の「第九」演奏会で、カラヤン急病のため急遽ジーンズ姿のまま代役を務めて絶賛された。帰国後、ＮＨＫ交響楽団を指揮、現在はニューフィルハーモニーオーケストラ千葉の音楽監督として活躍している。

山下氏になるとドイツ語が現代ドイツ語になるので、長年歌っておられる団員に注意を促された。それは英語の発音に似ていて、巻き舌の出来ないセンセは喜んでいたようであるが、勝手が違うとつぶやく方もおられたようだ。

山下氏は非常に意欲的で、ＮＨＫ音楽クリニックと銘打って、九月二日（日）大分の医

師会館で「指揮法」の講習会を行い、延岡、佐伯からの参加者も含めて一〇〇名の方の指導をされた。

その中で「夏の思い出」や「第九」を、五名の代表の方が指揮棒を手にし、参加者はその指揮で合唱した。いい思い出となったとセンセは大満足だった。

その後、山下氏は別府の市立商業高校でもブラスバンドの指導をされたそうだが、その時の様子も見てみたかったとセンセはボクに話してくれた。

前の年はカラヤンを失い、今年はバーンスタインを失った。一九九〇年十月十四日に訃報がもたらされた。

彼はアメリカ生まれのアメリカ育ち。ケネディと同世代ということもあってか、音楽家であるとともに、世界の平和運動にも積極的に参加したとも報じられている。特に記憶に新しいのは、「ベルリンの壁」が破られた一九八九年のクリスマスに、東西ドイツを含めて六か国のオーケストラを編成、東ベルリンでベートーヴェンの「第九交響曲」を指揮したことである。

そして今年の十月三日に、東西ドイツが統一された。彼の平和への想いが、天空のケルビム(智天使)にも伝えられたのかもしれない。と「第九通信」九号に記録されている。

バーンスタインが一般的に馴染み深いのは、「ウェストサイド物語」の作曲者でもあることだろう。

五 もう一つの「第九」

「大分第九」に入会して三年目、センセは「第九」にどっぷりとはまり込んで、ステージ度胸も出来たようであった。

しかしその会場になる大分市の文化会館の大ホールを確保するには、一苦労も二苦労もあった。というのは当時、大分、別府を通じて二〇〇〇人を収容できるホールは大分文化会館だけであった。その前は、別府市に特に音響設備が抜群といわれた別府国際観光会館があったが、駐車場の関係で取り壊され、新しく山の手の方へ建築されることになった。「大分第九」演奏会は年に一回の催事であり、九州交響楽団（九響）や指揮者、ソリストとの関係もあって二〇〇〇人の集客が必要となるので、どうしても大分文化会館を確保しなければならなかったのだ。

しかしそれは他の団体の催事も同じことで、年末の二、三週目の土・日は申込みが殺到するのである。したがって抽選ということになる。「大分第九」が正攻法で抽選に当たればいいのだが、色々と「工夫」を凝らさないとなかなか当たらない。センセも「女性史研究会」の名を使って申込みをして抽選に臨む。運良く当たれば「大分第九」に譲るというわけだ。

ところが今回はその必要もなく、来年の「大分第九」演奏は十二月十四日（土）に決定し、十五周年記念の特別企画がもたらされた。その一つは、指揮者とオーケストラは一九九〇年と同様だが、ソリストに著名な方を迎えるというものである。ソプラノに東敦子さん、アルトに郡愛子さん、テノールに藤原章雄氏、そしてバリトンに岡村喬生氏を迎えることにした。

合宿練習が始まって三回目、昨年は大分市の「しあわせの丘」で行われたが、今年は大分市郊外挾間町の「陣屋の村」童里夢館で行われた。町営なので大分駅まで町営の送迎バスが運行されて車のない人も多数参加出来、快適なホールでの練習は日頃行えない細部に亘ったので、参加者の中には「音楽学校に行ったようだ」と感想を述べている方もいた。

合宿の甲斐あってかどうか分からないが、十五周年記念の「大分第九を歌う夕べ」は無事終了した。その時のセンセのステージの位置が、これまた記念すべき場所であった。ステージの二段目でテノールの隣、それもクール青山合唱団の指揮者である佐藤信夫先生の側である。

もう一つ記憶に新しいのは、センセが演奏途中で腹痛を覚えたことである。最後まで何とか頑張らなければと思うのだが、緊張すればするほど冷汗が出てきて、いつもなら第三楽章あたりで眠気をもよおすのだが、全然それを感じずに時が過ぎ、岡本喬生氏の「フロイデ」でともかく立ち上がった。するとなぜか腹痛がスーッと消えたようになって最後まで歌えたのである。

これこそベートーヴェン様の神への祈りが届いたかのように、全く不可思議なことであった。あの待機している時の腹痛は、何であったのか？　精神的なものだろうか。

会が終了し、帰宅して芳子姉に話をしているのを聞き、ボクは少なからずセンセを見る目が変わった。というのは、どんな時でも飄々《ひょうひょう》として物に動ぜず冷静に事を行う彼女を、時には冷たい人、生意気な人と思ったりして、ボク自身少し構えた態度を取っていたからだ。よし、これからは彼女も普通の人、弱い面もある人として犬らしく振る舞おうと思ったりもした。

この記念すべき日、会員のアルトのHさんが、病躯を押して車椅子で参加された。それから半年後の七月六日早晩に逝去された。彼女は連続七回出演され、「第九通信」にも感想を寄せられている。

『六年前「第九の夕べ」の演奏会を拝聴し手に汗して感動しました。それまでは第九は遠い雲の上の存在と思っていた私に、身体のハンディを持って間もなく娘の肝煎りで友人と一緒に入団し、出演の都度感激をしながら四年が過ぎました。

毎年繰り返される練習と公演、練習日は楽しくて、どうかすると孫を連れてお世話をなさる方々へ、ご迷惑を掛けて迄、自然と足が芸短へ向くのです。こんこんと湧き出る泉のほとりを、森林浴でもして全身の血液が浄化され、生きる活力と希望や勇気を与えられて居るような気がする不思議な時間、今年の公演も、人それぞれに歓喜あふれる感動を覚える事でしょう。

ご指導なさる諸先生方、事務局長さんをはじめお世話をなさって下さる方々、団員の皆様方の和気藹々と健康であることに深く感謝し、この平和が永遠に続きますよう心から願っています』

一九九二年、「大分第九」は第十六回を迎えた。指揮者とオーケストラは昨年に引き続き山下一史氏と九州交響楽団、ソリストにはソプラノに佐藤美枝子さん（後にチャイコフスキー国際コンクールで優勝）、アルトに大塚玲子さんを新しく迎えた。

合宿は趣向を変えて蒲江のマリンカルチャーセンターになり、物珍しさも加わってセンセは早速参加した。別府・広島航路の船で蒲江までクルージングし、宿泊施設は研修が目的なので飾り気も何もない二段ベッドで、食堂もセルフサービスだった。メイン施設はプールとミニ水族館で、ここにはちょっと似合わない視聴覚室で練習をした。そこはミニホールのような部屋であった。この合宿にはウィーン留学中の別府市出身の山田啓明氏（後にブザンソン・コンクール二位）が参加されて、いつか必ず「第九」の指揮をすることを明言されていた。それが本当に一九九九年にウィーンで実現したのだから、海は幸を呼ぶのか夢が叶ったのである。

センセは、「大分第九」について少しずつ分かってきたものの、ほかの団体ではどうしているのだろうかと思い、余計なことだが情報を集めだした。すると次のようなことが分かってきた。それは十月一日付の読売新聞の切り抜きからである。

●日本青年団協議会（東京・新宿）では十一月に国立ウィーン音楽合唱団と第九のジョイントコンサートを開く計画で目下猛練習中。

●茨城県取手市の「取手第九親睦会」では一九九五年十二月～一月にかけて、本場ドイツで第九のコンサートを開く予定（渡航費は四十一万円）。

●五〇〇〇人の第九で有名な「すみだ第九を歌う会」の調べによると、昨年は全国で一九二団体がコンサートを開き、今年は二〇〇団体を超えるとの予想。

六 激動の世界

すでに一九九一年から始まったバブル崩壊と湾岸戦争の勃発、日本からもペルシャ湾に海上自衛隊の掃海艇を派遣し、戦争支援に政府が九十億ドルも支出している。そして一九九二年になるとPKO協力法が成立し、自衛隊が部隊としてカンボジアに派遣されている。日本の海外派兵が現実として世界の舞台に表面化したわけである。

第二次大戦後、半世紀を待たずして世界情勢は大きく変わっていることにセンセは少なからず驚きはしたものの、それより見逃していたのは、韓国の元従軍慰安婦らが補償を求め対日提訴をしていることである。

大分女性史研究会の一員として見逃してはならない項目として受け止めた彼女は、その件については別に研究しようと思っているらしい。あれもこれもでは焦点がぼけてしまうのではないか？　ボクはそれよりももっと記録しておかねばならぬことがあると彼女に注意を促そうとしていたら、彼女もソ連共産党の解体、ソ連邦解体のことを強く認識したようだ。ソ連という呼び名は慣れてきているので、ロシアと呼ぶには少し時間を要したが、言語としてはロシア語だからその方がいいかもしれない。

それにしてもどうしてＣＣＣＰ（ソビエト社会主義共和国連邦）がいけなかったのか。スターリンの独裁がそれぞれの民族と自治体の自由を奪っていたのだろうか？

センセが「革命」という言葉に出合ったのは、ずっとずっと前のようである。世界史の中で「革命」は、時代を変革する何か新しい時代がもたらされるという、明るい希望の抱かれる字面であったようにさえ彼女は思うのだが。

そういえば「ロシア革命」は本当の民衆の革命であったかどうかは疑わしい。イギリスやフランス等、地域的にも狭小で、しかも長い歴史や文化を持ち、民衆が独り立ち出来るという状況にあれば、政治・経済・社会体制を変革するということは、かなりの物理的力があれば可能であろうが、ロシアのように領土が広くて、民族も多民族、生活文化も伝統的なものがウェイトを占めるような地域が多ければ（東と西とでは言語はもとより、生活文化がそれぞれ異なる。例えばウクライナとヤルクーツク）、それをユニオン（連邦）にするのはかなりの政治力がなければ難しいのではないか。その政治のバックボーンがイデオロギーであるとすれば、共産主義（普通一般の定義として、働けばそれだけのものが得られ、働けない者も生きる社会保障がなされる）は、教育のない者にもたやすく受け入れられるのではないだろうか。センセもこれは良い考えだと思ったに違いない。

しかし待てよ、論理には合っていても、その実践はどうであったのだろうか？　第二次大戦末期の突如としてのソ連軍の満州や朝鮮北部への侵攻、そのことからして実際に自分自身が被害を受けたわけではないが、センセは批判的であったようだ。

そのような世界の動きの中でも「第九」への想いは全国的に燃え上がっていったのである。

そしてそれは身体障害者の方々にも広がっていった。

別府市の亀川町に「太陽の家」がある。この創設者はN氏で、国立病院の外科部長をされていた。数多い身体障害の方々に接して、働く場所として考えたのがこの「太陽の家」である。大手企業も積極的に趣旨に賛同、働ける場所を提供して、健常者と変わらぬ生活が出来るようなコミュニティーゾーンを作ったのである。その方たちの中から三々五々と「第九」を歌おうと集まり、「太陽の家第九」を立ち上げたのである。

「大分第九」の会員たちも、そのお手伝いに参加することになった。三年後の本格的な演奏を目指してである。

七月二十九日の朝日新聞にも、同じような活動をしている「ゆきわりそう」のことが取り上げられている。

『日ごろ文化・芸術活動には参加しにくい状況におかれている障害者が中心になって、ベートーヴェンの「第九」を歌う。そんなコンサートが来春行われることになり、九月から練習が始まる。

企画したのは、地域福祉研究会「ゆきわりそう」（東京都豊島区南長崎・姥山寛代代表）。障害者の専用列車「ひまわり号」を走らせてきたグループで、お年寄りや障害者のためのケアつき短期アパートを運営したり、障害者のための生活塾を開くなどの活動をしている。

今度のコンサートには、身体がほとんど動かない人や、言葉の出ない人も参加することになる。「心で歌う、目で歌う、そんなコンサートにしたい。いつも聴く側ばかりにある障害者がオーケストラとともにステージに立ち、健常者とともに歌い上げることは、どれほど重い運命の扉を開けることになるか」と姥山さんは話している。

コンサートは来年四月二十九日に、東京文化会館で開催する。演奏は東京フィルハーモニー交響楽団。また、都区職員の第九を歌う会「コールフリーデ」が合唱の応援をする。

練習は九月から、毎週日曜日に都内北区の北養護学校で。障害児・者やその親の参加を呼び掛けている』

第3章

充実する「大分第九」

一 指揮者とソリストが変わる

山下一史氏が指揮者になってから、「山下第九」と、いつの間にかそんな呼び方が生まれた。三回も「大分第九」に付き合って下さったのは黒岩英臣氏以来のことで、会員たちはすべて先生のトリコになったようである。

一九九三年を迎えると指揮者が十東尚弘氏になり、ソプラノが片野坂栄子さん、アルトは片野洋子さん、テノールは田原祥一郎氏、バリトンは留学を終えられ帰国した藤田喜久氏と、顔ぶれが変わっている。

十東氏は五歳よりピアノを習い、桐朋学園大学音楽部指揮科卒業、在学中の一九八二年、第十七回民音指揮者コンクールで第一位に入賞。入賞記念コンサートとして、各地のオーケストラを指揮、タングルウッド音楽祭にフェローシップ・コンダクターとして招かれ、クーセヴィツキー指揮大賞を受賞。これは日本人としては小澤征爾に次いで二人目という快挙であった。そして一九八四年、ボストン交響楽団に副指揮者として招かれ、後、新日本フィルハーモニー交響楽団第百十七回定期演奏会で日本デビュー、という方だ。

また五回目を迎えた合宿の場所は、湯布院の大分県立青年の家となった。ここは特に研修が目的なので規則が厳しく、楽しみにしている懇親会もままならぬようであった。それでも普段聞けない、合唱指導の野崎先生のお話はヒットだったようである。同じ世代のセンセは、

「そのハングリー精神こそ、すべてのことを達成するには大切なことだ」

と感服していた。

ボクとしては、ハングリーは最も嫌いとするところだけれど、それでも非常時のために、その時食べられないと判断したら土に埋めておく犬の習性だけは持っている。それを必要とすることはあまりないけれど、センセのいない時、飼主が餌を忘れることがあるので、やはりその行為は役に立っている。

「大分第九」では、初めての指揮者の方には二度指導を受けることになっている。十月一日、十東氏が遠路はるばる東京からお見えになった。

ご自身が器楽（ピアノ）から学ばれたせいか、一音一音の音程はもとより音の長短に厳密なことで、細かいところまで厳しく指導された。

要は楽譜を正確に頭に心にインプットすることである。ドイツ語の字面を追って読む、

そして歌う時には雰囲気に酔って楽譜を忘れてしまう自分に、冷水をかけられた思いがしたセンセは、それこそ原点に立ち返っての勉強を始めたのである。

ボクはまたあの散歩道で、いやが応でも「第九」の歌を聞かねばならぬ羽目に陥った。しかし彼女のそれ（歌）は、五年前とはずいぶん変わってきていたように思う。まだまだ下手くそだがドイツ語らしい巻き舌が、かすかに出来るように感じられる。ボクの長い舌でくるっと巻いて手伝ってやりたいようにさえ思った。

散歩道に大きな銀杏の木があって、その実が落ちている。神社の銀杏より粒が大きいのでセンセはそれを好んで拾った。ボクはその間、邪魔にならないように待っていると、畑に出てきた人が、

「温和《おとな》しいですネ」

とボクを褒めていく。朝の挨拶がわりだろうが、褒められると嬉しいものである。彼女も、

「よかったネ、さあ出発進行」

と言ってリードを引く。勝手知ったる畦道の秋草を、かき分けながら進む。時に稲刈りの終わっている田圃もあって、藁の小積みが作られている。この小積みもやがてビニール袋に変わるのだろうか？　ボクはやはり田圃は稲穂拾いの出来るような、そんなのどかな田園風景であって欲しいなど勝手に思って歩を進めていた。

前に会場予約の苦労を述べたが、それは今も続いていて、抽選に参加してもらうボランティア募集が「第九通信」の一隅を占めるのが恒例になった。

今年も本番が押し迫った十二月五日の「第九通信」に、ビックニュースとして抽選会で幸運の的を射とめたアルトのIさんのことが取り上げられている。そして開催日が来年の十二月十一日（日）と記録されている。

二 「鳴門第九」へ初参加

一九九四年の「大分第九の夕べ」合唱団参加へのお誘いに、二つの大きなイベントが発表された。

一つは鳴門市で「ドイツ館開館記念第九」が催されるので、参加者を募集するというものである。それともう一つは音楽の都ウィーンのホーフブルク宮殿で、オーケストラと共に「大分第九」のメンバーが「第九」を歌うための海外旅行である。センセはどちらにも応募することを早々と決めていた。まずは「鳴門第九」への参加である。すでに旅程も決まっていた。

六月三日（金）十九時別府港発、四日早朝に高松に着き、そこから車に分乗して十五時のゲネプロ（最終リハーサル）に間に合うように鳴門に向かう。鳴門市の文化会館でオケ、ソリストと合わせてから軽食を取り、今年開館となったドイツ館に向かう。

本番が十八時なので、それまで若干の間、開館記念のための出店を見学。夕闇が迫る頃には観客が集まり出し、オケが中央に合唱団はその左、右と館のバルコニーに陣取っての演奏である。出来の良し悪しよりも、この一大イベントに参加出来た喜びでセンセは大満足のようであった。

翌五日は朝からの観光で鳴門名物の渦潮、淡路島観光をし、十九時三十分高松港を出発、六日六時三十分別府港に着いた。その時の様子を「第九通信」三号はニュースとして載せている。

『六月四日徳島鳴門ドイツ館広場で開催された「鳴門第九」演奏会には「大分第九を歌う会」から事務局長村津氏以下八名が参加しました。鳴門市の姉妹都市ドイツのリューネブルク市から二十一名を含む五百八名の合唱団、徳島交響楽団と共に中島良史氏の指揮の下、「バンドウの鐘」を合図に「第九」の演奏が始められました。地元の放送局、新聞社はもとより、NHK、朝日新聞社などが大きく報道、五日朝刊トップをカラー写真で飾りました』

三 新企画「ウィーン公演」に参加

一大イベントのウィーン公演であるが、十二月十七日（土）と日時が決まり早速参加団員を募集。募集人員は団員一五〇名、サポーター五十名、費用は団員二十万円、サポーターは二十二万円。団員が二十万円なのは大分市が文化振興事業の一つとして補助金を出すという情報があり、その申請をすでに行っていたのである。時の市長は木下敬之助氏である。

公演内容もだんだん具体化してきて、ウィーン公演のオーケストラはチェコ国立フィルハーモニー・ブルン、指揮者はヨハネス・ヴィルトナー氏、ソプラノはエリカ・マキノ・グリュグラーさん、アルトは片桐仁美さん、テノールはタディッシュ・プションカ氏、バリトンはペーター・ケヴェス氏と決定。練習も参加者の合同練習が行われるようになった。そうして十二月八日夜「大分第九を歌う夕べ」が終わると、ウィーンへ向けての準備が始まったのである。

正確に言うと二十五年前の一九六九年、センセは全国地理研究会の研修旅行に参加してヨーロッパを駆け足で旅行している。しかしウィーンは通過しただけで、何とかしてもう一度ゆっくり訪れたいと思っていた矢先のことだけに浮足立っていた。職場での同僚だったKさんがすぐ同意してくれて、心強い旅が出来そうだと喜んでいた。

ボクはまた留守番なのかと、あまり嬉しくはなった。センセは退職してから、韓国から引き揚げて来た小学校の同窓生との還暦記念修学旅行を皮切りに、誘いがあれば毎年のように海外へ出かけて行った。「第九」「クール青山」のコーラスや茶道、女性史研究会の合間を縫ってのことなので、長くて一週間くらいであったが、ボクにしてみれば大変なことだったのである。

それは、本飼主の駐車場を守らなければならないし、留守番役の芳子姉のお世話になるためには、より温和《おとな》しくしていなくてはならないし、大声を上げて散歩の要求など慎まなくてはならない。まあ暑い時期ではないので、物置の片隅にでも毛布にくるまっていればいい訳ではあるが、やはり淋しいことには変わりない。

十二月十五日、いよいよウィーンへ向けての出発の日である。

旅行会社は「大分トラベル」。別府国際観光港の関西汽船の二階は、二〇〇名の大団体で埋まり、そこで結団式と出発式が同時に行われた。長さが何メートルあったろうか、横断幕を前列の人が持って、ウィーンへの門出を自ら祝った。

センセにとっては今年に入って二度目の船旅だったが、ピアニストのTさんとソプラノのAさん、そして「第九」のお仲間と一緒の船室であったことから、その先何かにつけて行動を共にしたようである。

船が大阪南港に着いて、そこから関西空港まで六台のバスに分乗、その後にトランクを積んだトラックが続く。旅行社のグッドアイディアと、センセは感心していた。というのは海外旅行で心配なのが、旅行鞄の取り扱いである。最近は宅急便が扱ってくれるが、冬の旅行は荷が嵩むので、空港までの取り扱いについて思案していたところであった。関空でトラックから荷が降ろされると、自分でそれを確認して空港のカウンターに運ばなければならない。しかしこのくらいのことは出来るし、またこの方が後で荷が届かないというようなトラブルを防止できて、良い方法なのではないかと二度感心した。

また旅行社は、予め「円」を「オーストリアシリング」に替えてくれていたが、センセはウィーンの空港でも、手持ちの残っているドルがどのくらいで両替されるのか試してみようと思っていた。団体旅行は必ずといって良いほど待ち時間を余分に取っているので、空港でのチェンジも可能なことである。しかしウィーンの空港は初めてであり、しかも夜八時頃着く。それなら日本でと彼女は三菱銀行に走った。いざとなるとドルを出すのはちょっとキザのように思えたので一万円を出したら、少しばかりのコインとシリング札とに交換された。一ドルが一一・二五シリングであったので、大体一シリングを十円と換算すれば良いということになる。

オランダ航空なのでアムステルダムで乗り継いでウィーンへ。空港では小雪が舞っていたのが印象的であった。十時過ぎくらいにインターナショナル・コンチネンタルホテルに着いて荷物を受け取り、三一八号室に入ると明日に備えて寝ることが何よりも優先した。

午前中に中央墓地でベートーヴェンの墓にお参りして、シティホールのレストランで会食、少しばかりのショッピングの後、十五時からいよいよホーフブルク宮殿ホールでリハーサルが行われる。

ステージがあるような、ないような感じであったが、事務局長村津氏の叡智によって一五二人の出演者すべてが赤じゅうたんのステージに立つことが出来た。初めは客席にいて、第三楽章からステージに上がるというのである。静かに粛々と団員は歩みを進めた。最初は指揮者、オケと合唱団とがしっくりいかないところもあったが、終わりには指揮者がOKを出してくれた。

十九時三十分の本番に向けて軽食を取っていると、団員の一人が具合が悪くなったとのこと。早速団員のSドクターがその治療に当たられ、大事には至らなかった。

初めての「大分第九」のウィーン公演について、合唱指揮をされた野崎哲先生の感動の手記を、大分合同新聞は一九九五年一月二十六日に全面的に取り上げた。

『一九九四年十二月十七日、大分第九を歌う会にとって忘れることのできない日となりました。オーストリア・ウィーン、六〇〇年の栄華を誇ったハプスブルグ家の居城、ホーフブルク宮殿のフェスティバルホール、当日二時よりチェコ国立フィルハーモニー・ブルン、指揮者ヨハネス・ヴィルトナーによる練習が始まる。とくにテンポの調整と指揮のサインなどについて注意があり、四楽章をゆっくり二回通して、たっぷり二時間の仕上げを行った。

終わって一同は控室へ。私の指示は指揮者の棒（タクト）をよく見て歌うこと、強弱などの表情は今までの練習の通りにということであった。控室には、パンとジュース類が用意されていて、夕食までのつなぎである。皆パンをかじりながら、本番までの和やかなひと時である。

今回は、合唱のメンバー一五二人、その他の参加者五十四人と、総勢二〇〇人を超す大所帯のため、四つの班に分かれ福岡、関西、成田空港から二十時間程度の交通機関にゆられ、さらに昨日、大部分が夜着いたというのに、本日午前中、ウィーン市内の名所、シェーンブルン宮殿、シュテファン教会、ウィーンの森などを見学、そして中央墓地、ここにはベートーヴェンの墓があり、歌う前にどうしても参拝しておきたかったからである。皆感激したのは言うまでもない。

しかしこんなハードな日程、時差ぼけや睡眠不足で調子を崩すものがいないかと思ったが、全員安泰、やるぞという熱気が感じられた。

七時開演である。六時が過ぎるとぼつぼつ観客が入り始めた。事前に、日本からのほとんどの演奏会は入りが少ないと聞いていたので、多少不安であったが、開演前には駐オーストリア黒川剛大使夫妻もこられ、およそ日本勢を入れて九〇〇人になった。

いよいよ開演である。セレモニーは黒川大使にごあいさつをお願いしたが、ウィーンのしきたりで短い方がよいと言うことで、私の代表あいさつだけと言うことになった。ドイツ語でのあいさつ、胸がときめいた。

要旨は、「十八年間この第九だけを歌い、ベートーヴェンのゆかりの地であり、また初演された地でもある、このウィーンで一度歌ってみたいというのが夢でした。本日ここで歌えることは、我々の最高の喜びです。これを機会に更にウィーンと大分の友好が深まれば幸いです」というもので拍手、共感を得たと思った。

いよいよヴィルトナーの棒が動いた。なんと美しい弦の響きであろうか。ホールも天井が高く、柔らかい響きが伝わる。

やがて四楽章、いよいよ合唱の出番である。このアマチュアのメンバーが、淡々と芸術家の集団である、このオーケストラについてゆく姿に、こみあげてくるものがあった。

終わると大きな拍手。舞台で私は指揮者と抱き合った。なかなか観客は帰ろうとしない。握手を求める人、サインを求める人、夢のまた夢が実現したのである。

これは十八年間の会員のひたむきな努力があったからこそ、このチャンスが生まれたのだと思う。日本・オーストリア修好一二五周年のメーン行事にもなり、そして一七七〇年の十二月十七日は、奇しくもベートーヴェンが洗礼を受けた日でもあったのです』

センセが最も感動したのは、観客が総立ちになって拍手を送ってくれたことである。そしてその拍手がなかなか鳴り止まないので、ステージから離れることが出来なくてそこに立ちつくしていたことである。帰りのバスの中は「やり遂げた」という満足感と、夢をかなえたという喜びが渦になって相当に騒々しくなっていた。ルームメイトのKさんも、「大分第九」に入ってよかったと何回も言っていた。


そうして別府の家には、センセから早速電話がかかって来た。ウィーンが真夜中でも日本は朝である。電話のベルにボクが耳を立てていると、家の方から芳子姉の声がする。

「安堵、安堵」

しかしボクは何時散歩に連れて行ってくれるか分からないまま、やがて芳子姉がボク用の片手鍋に朝ごはんを入れて勝手口から出てくるのを待った。ボクは通り一遍の儀式（お座り、お手、お預け）の後、器のご飯を食べる。そして、

「おいしかったです」

と言わんばかりに舌を鼻の上までにあげて再びお手をする。すると芳子姉は、

「スマイルは賢いネ」

と言って頭を撫でてくれる。ひょっとしたら今日は本飼主が山に連れて行ってくれるかもしれないなと思いつつ毛布の上で丸くなる。

オーストリアのセンセは次の行動に移っていた。つまり公演後のエクスカーションであるが、その前の公演翌日にウィーン市内観光が組まれていた。

珍しくウィーンの空は青く澄んでいて、聖シュテファン寺院もシェーンブルン宮殿も下車してゆっくり見学することが出来た。宮殿の庭の片隅にはクリスマス市が開かれており、モミの木が大・中・小と並んでいるのが印象的であった。レストランの昼食では仔牛のカツレツが用意され、デザートにはアップルパイが出されたが、センセはその量の多さに驚いた。

センセたちオペラ見学の人はウィーンの森までは行けなかったが、軽い夕食の後、国立オペラ劇場に向かった。「トスカ」が演じられたが、残念ながら三階の左側前方の席では

全容を観ることは出来なかったが、それでも音の素晴らしさに感動した。
休憩時間に席を離れて二階に下りると、そこには軽い食事をする場所が数か所にあって、上品な身なりをした人たちがグラスを片手にカウンターやテーブルで談笑しながら何かを食べていた。センセはここで食事するために、もう一度来たいと思ったそうである。

三晩も同じホテルに宿泊すると、そこの住民になったような気分になる。インターナショナル・コンチネンタルホテルは世界的なホテルのチェーンであるだけに、ここウィーンでも有数のホテルである。収容人員が多くレセプションの会場もいくつかあって、色々な催し物が行われている。ホテル内にはショッピングが出来る店もあって、上品な銀縁眼鏡をかけた老婦人がいる洋品雑貨を売る店は、センセのお気に入りであったようである。そして老婦人は美しいドイツ語を話されたので、耳の勉強にもなったという。また商品もお国柄を表すエーデルワイスの花を中心とした物が、買いやすい値段で陳列されていた。フェルトのような厚めのウール地で作られたエーデルワイスを刺繍したベストや、絹に同じく花を染め抜いた長めのスカーフを購入した。今でも愛用している第一回ウィーン公演の逸品である。

もう一つ、このホテルは日本人の宿泊客が多いせいか、朝食のバイキングに和食も用意される。トレイが洋食、和食と区別されてはいるが、やや広い洋食用のトレイに味噌汁や梅干を載せることも出来るので、結構人気があった。しかしセンセは折角外国に来たのだからと、かたくなに和食には手を出さなかった。それより生ハムや色々なチーズを黒パンに挟んで食べることを好んだようである。甘党のKさんは、主食よりもデザートのケーキを各種取って来て頬をふくらませていた。

四 エクスカーションはパリ、オランダ

ウィーン観光の後、フランスのパリに向かう。今回の旅でセンセの目的の一つは、パリでI先生（フランス文学研究）に会うことであった。I先生はちょうどこの年いっぱいフランスのモンペリエに留学中でいらしたので、

「パリで会いましょう」

と前もって連絡していたのである。

I先生はパリの図書館に用があると言われて、わざわざパリまで出て来て下さり、自由行動の一日を終日付き合って下さった。朝早くからホテルまで迎えに来て下さって、貴重品の持ち方の注意までして下さり、センセは急いで下着に用意してあったポケットに、パ

スポートやトラベルチェックを入れた。手にはカメラと小銭の入る財布という身軽な出で立ちとなった。

I先生を先頭に北村先生ご夫妻、Kさん、センセ五人のグループで、まず地下鉄のチケット売り場で回数券を購入した。それを持って早速モンマルトルの丘に向かった。

センセは前に見られなかったユトリロの絵の現場を見たかったので、サクレクール寺院が遥かに見える路地を教えてもらった。なるほど、なるほど全く絵と同じものがそこにあり、感激も一入《ひとしお》であった。その路の石畳をだらだら下ってくると広場があって、たくさんの画家志望（？）の人たち（色々な国の人）が、イーゼルにキャンパスを置いて描いていたり、出来上がった絵を売っていたりしていた。

そこから地下鉄でオルセー美術館へ向かう。あまり上等とはいえない車両に集団で乗ってくる少女たちがいて、I先生はロマかスリ団の一味と教えてくれた。

オルセーは昔のパリの鉄道駅で、かなりの広さであった。しかしルーブル美術館のように、整然と陳列されているような感じがなかったように思えた。もう一度見てみたいとセンセが思ったのは、オペラ座と同じだった。

そこからはタクシーでお昼を食べるレストランに向かった。入口に、恵まれぬ子供のために募金の皿に似たものが置いてあった。クリスマスが近いこともあるのだろうか、無造作にフランスフランのコインが散らばっていた。

昼食のフランス料理は、フォアグラが最初に出てきてびっくりした。Kさんは美味しそうに食べていたが、センセの口にはあまり合わなかったようである。しかしバケットのフランスパンはさすがに美味しかった。

そこからは、また地下鉄でバスティーユの劇場へ向かった。場所はパリの中心から見るとかなり遠方で、途中で乗り換えた。出入口が二重、三重になっていて薄暗く、表のパリの印象とは全く違っていた。I先生は劇場が開くまでの間に軽い夕食を取ろうと、庶民的なレストランに連れて行ってくれた。ここで初めてエスカルゴを食べるのであるが、その量の多いことにびっくりした。付け合わせのほうれん草もまた多いこと、日本で食べるフランス料理とは全く異なっていた。しかしデザートは、チョコレートパフェのような甘いチョコレートが、カステラのようなケーキに生クリームと共に一杯かかっていて、Kさんを喜ばせるのに十分であった。

開場してすぐに劇場に入ったので、ゆっくり座席に座ることが出来たが、そこに辿り着くまでが面白かった。それは建築物が超近代的で、エントランスホールに色々の向きの階段があって、それをあれこれ上っていって会場のそれぞれの階に着くのである。一つ間違えば別の階に行ってしまうことになる。それでも二階のやや右寄りの、舞台がよく見える席に辿り着くことが出来た。それはひとえにI先生が、昨日からチケット購入に奔走して下さったからである。出し物はバレエ「白鳥の湖」であった。見慣れたバレエであっても、最後の演出は今まで見たことがないものだった。白鳥が天に昇って行くのを、まるで映像を見るかのようにしたのには感心した。I先生ありがとう！

I先生は、わざわざホテルまで送って下さる途中、シャンゼリゼ通りのイルミネーションを見せてくれた。その余韻を胸に、その夜は天使になったような気分で眠りについた。

パリでの二日間はまたたく間に過ぎ、次のオランダへ向かう。スケジュール表で午後はフリータイムになっていたが、旅行社の計らいで、市街観光と郊外のポルダーの風車、そして海抜ゼロメートル地帯とその防波堤を見学させてもらうことになった。これは思いがけないことであったが、こんな機会でもないとわざわざ訪ねることもないので、ゆっくりと朝食を取ってオランダ航空でアムステルダムに向かった。

国際線でも近距離機はバスの感覚で使うのであろう、中央が通路になり左右に座席があった。クリスマス前のためか機内は花で飾られていた。

昼にはアムステルダムに着いて市街地で昼食を取った。さすが海のある街、シーフードの多いメニューであった。センセが、

「これだ」

と歓声を上げたのは、オランダの風景をこよなく愛し続けて描いたシャガールの絵と、全く同じ光景に出合ったことである。緯度が高いので早く夕暮れが迫るのだが、秋のつるべ落としとは違った色々な色が混ざり合った、それは表現のしにくい夕闇の訪れ方だったという。

そして夜の帳《とばり》が降りると、待ってましたとばかり、ポルダーに点在する家々の窓に、ローソクの灯がともるのである。家の窓にはカーテンが格好よくかけられていて、その窓辺にはクリスマスの飾りが家ごとに付けられている。バスの窓からなのでほんの一瞬見えるだけなのだが幻想の世界がそこにあった。

宿舎はビクトリアホテルで、街中《まちなか》にあった。夕食はホテルから中華料理店へ歩いて行った。日本を離れて久しぶりの米飯だったが、センセはあまりおいしいとは思わなかったようだ。しかし料理は、なかなかのものであった。この食事はオランダコース一行の最後の晩餐会となり、北村先生とNさんが一曲ずつ歌い、後はみんなで「荒城の月」と「赤とんぼ」を歌ったようにセンセは記憶している。

十二月二十二日、帰国日の午前中はフリータイムで、センセは「アンネ・ハウス」見学班に加わった。

そこはホテルから徒歩で行ける運河の側にあった。同じような建物が並んでいるのですぐには見つけられなかったが、やや濃い目のクリーム色をした縦長の看板に「アンネ・フランク・ハウス」と書いてあったので、三々五々入って見学した。

アンネが二年間（一九四三～一九四四年）隠れた場所や使用したトイレなどを見、その手記を目の当たりにして、センセは、当時自分と同じくらいの少女がよくぞこの隠れ家で耐えられたと、感心するばかりであった。ヨーロッパの家屋によく見られる中庭の木々を眺めて、季節の移ろいを感じ取っていたアンネ（二年間の生活を書きつづった日記が物語っている）。そのアンネもついに一九四四年、アウシュビッツに送られていった、あの忌まわしい戦争。人間であれば決して忘れてはならないし、再び戦争をしてはならない。センセはいくぶん頬を紅潮させながら、四階の屋根裏から中庭の木々をしばらく眺めていた。

「戦争」、それは人類がこの地球上に現れて以来、なぜか絶えることなく人間の手によって起こされている。アンネの生きた時の戦争は、歴史的名称では第二次世界大戦。それを二つに分ける、ヨーロッパ戦線Ⅰ（一九三九年～一九四二年）。ヒットラー率いるナチス政権による、ドイツ周辺のポーランド、チェコ、オーストリアの枢軸国とフランスやソ連、バルカン半島（ハンガリー、ルーマニア、ブルガリア、ユーゴスラビア、アルバニア、更にはギリシャ）への侵攻である。ヨーロッパ戦線Ⅱ（一九四三年～一九四五年）では、すでに日本が関係している日中戦争、太平洋戦争で、アメリカは日本を一九四二年の六月ミッドウェー海戦で大敗させ、八月にはガダルカナル島に上陸し反攻を開始。そして、その力をヨーロッパ戦線へ投入し始めた。一九四二年の連合国共同宣言をもって、北アフリカの上陸を始めたのである。そして一九四三年になると二月にはスターリングラードの戦いでドイツが敗北し、連合軍は七月にシチリア上陸作戦に成功、九月にはイタリアを無条件降伏に追い込み、一九四四年にはノルマンディ上陸に成功し、八月に遂にパリをドイツから解放した。それは一九四五年二月のヤルタ会談となり、五月にはソ連軍がベルリンを占領し、ドイツを無条件降伏させるに至ったのである。

忌まわしい「戦争」という化け物の激しい動きの中で、ユダヤ人という民族の違いだけで、何の罪もない人たち（アンネを含めて）約六〇〇万人がガス室の中で命を奪われていったということの事実を、忘れることが出来るだろうか。センセばかりではなく、ボクも姿は犬ではあるけれど、その悲惨な歴史的事実は覚えておこうと思った。

「アンネ・ハウス」見学は戦後すでに半世紀を過ぎようとしているのに、新たなる戦争への憎しみと怒りを認識させるに十分であった。

ウィーンやパリも良かったが、ここオランダのアムステルダムの「アンネ・ハウス」は、何よりも素晴らしいエクスカーションの一つであった。

第4章

行事への参加

「太陽の家」三十周年記念演奏会

一九九四年第十八回の「大分第九の夕べ」と共に、ウィーン公演という大事業を終えてホッと一息するまもなく、一九九五年第十九回の「大分第九の夕べ」合唱団参加へのお誘いの中に、もう一つの「第九」の案内が載った。「太陽の家」創立三十周年記念「第九」演奏会の参加募集である。

これはすでに六年前から「太陽の家　ディ・ノイン（第九）」の方たちを中心に練習が進められてきている。その詳細を、大分合同新聞二月六日の朝刊に発表していた。センセもすでに何回か練習に参加した筈で、ボクは夕方になるとセンセが出かけて行くのを見送ったものだ。

特別のイベントとは別に、この年は短大の都合で練習会場がかなり変更された。大分市の別府大学大分校舎や、別府市のビーコンプラザ（別府国際コンベンションセンター）のリハーサル室や、大分市の西部公民館など初めてのところが多かったにもかかわらず、会員たちは時間には会場に集まっていて事務局長を安堵させたという。センセも別府での練習は時間的に大歓迎であった。

それればかりか来年の二十周年記念演奏会に向けての準備を兼ねてか、指揮者に黒岩英臣氏を再び迎えたのである。以前からの会員には懐かしさ一杯で、十月八日に向けての「第九通信」六号は次のように述べている。

『日程　十月七日（土）十五時〜十七時。ビーコン・コンベンションホール。リハーサルに集合、ステージの座席表（受付配布）によってそれぞれの座席に着席、左右前後と自分の位置を確認してください。それから指示によりコンベンションホールのステージに移動します。

十月八日（日）十一時三十分〜十二時三十分、ビーコン・コンベンションホール。ゲネプロ（大分市フィルハーモニー・ソリストと共に練習）。七日と同じ要領でリハーサル室に十時に集合。ここで更衣をすませステージに移動します。十三時〜十四時ビーコン・コンベンションホールで本番。十四時三十分〜十五時三十分、レセプション』

第十九回の「大分第九の夕べ」（十二月十日）は、練習会場が別府市や大分市郊外など行き馴れないところに変わったにもかかわらず「スーパーダイナミック・第九」のタイトルに負けないよう練習に励んだ結果、心地良い演奏が出来たようで会員は満足であった。

一つには、十月八日に「太陽の家」の三十周年記念演奏会に「ディ・ノイン」の方たちと共に、別府市のコンベンションホールのステージを踏んだこともプラスしたのではないか。まさに「第九」のシラーの詩のように、

「世界の人々よ、兄弟たちよ、手に手を取り合おうではないか！」

を少しでも現実に近づけるための合唱ではないだろうか。

ベートーヴェンの耳の不自由なことはよく知られているが、本当は聞こえていたのではないだろうかと、センセは思っている。あれほどの曲を作るのだから、その過程で、いやその前に曲のイメージが頭の中に、心の奥にインプットされている筈である。すると生理的に聴覚が少し鈍くても、真髄は心の奥底に刻み込まれているに違いない。

ここでボクが偉そうなことを言うのもおかしく思われるだろうが、ボクの耳は犬だから他の動物よりも嗅覚と共に優れていると思われているが、ボクは必ずしもそうは思っていない。というのは、センセの声はやや高めだからすぐキャッチすることが出来る訳だが、ものを言わないでも感覚で分かることがあるのである。それはいつもボクがセンセの行動パターンを把握して、気を付けているからだと自負している。ときどき彼女が、

「スマは恐ろしい子だね、私を監視しているのではないのかネ」

と言うけれど、ボクは決してそんな卑しいことはしていない。しかしセンセのことはす

べて分かるのである。

ベートーヴェン様に失礼かもしれないけれど、ベートーヴェン様は並の人間ではないから、耳が少し不自由でも、またたとえ目が不自由であっても、すべて分かっていたのだとボクは思う。ある記録によると演奏後、鳴り止まぬ聴衆の拍手が聞こえず呆然と立っていたとあるが、これはベートーヴェン様の「第九」の締めくくりからすると当然なことのように思えてならない。聴衆の拍手もまたベートーヴェン様の頭の、心の楽譜には書かれていたのではないか。おそらくセンセもそう思っているだろうとボクは思うのだが。

十二月十日の夜は、久し振り（八年振り）に指揮棒を振られた黒岩氏を囲んでの、賑やかなレセプションとなった。

二 「大分第九」二十周年を迎える

すでに一九九五年「第九通信」十号で、ビッグニュースとして二十周年を祝い、一九九六年十二月十五日（日）に大規模な第九演奏会が、別府市のビーコンプラザで企画されていると報じられているように、今年は初めから意気が揚がっていた。

新入会員が八十三名と今までになく多く、五月十二日に行われた結団式は、会場が熱気に包まれ冷房が欲しいくらいだったという記録が残っている。大分合同新聞も十二月九日朝刊に大々的に取り上げている。

『「大分第九の夕べ」の二十周年を記念する「豊のくに百萬人の第九コンサート」(大分合同新聞主催)が十五日午後二時から、別府市のビーコンプラザ・コンベンションホールである。大分第九を歌う会(野崎哲会長)をはじめ、佐伯、中津、延岡市の第九愛好者で結成している日豊第九連合が総出演。総勢六〇〇人の合唱団が高らかにベートーヴェンの第九を合唱する。共演の九州交響楽団を指揮する黒岩英臣氏がこのほど、来県して抱負を語った。

黒岩氏は昨年に続いて二年連続の出演。大分の第九は八一年から七年連続で指揮し、気心の知れた間柄。「大分が二十年ですか。今回で半分近くを私が指揮していることになる。ほとんど、身内のような感じで、節目の年に指揮が出来て格別な思いを抱くと同時に、心から祝福したい。六〇〇人もいるから単独公演では出せない音の輝きや迫力を強調したい」と意気込んでいる。

今年は同ホールに特設ステージを組み、一〇〇人のオーケストラの後ろに十五段の階段を組んで合唱団が並ぶ。指揮台から合唱団の最高列まで二十メートル近く離れる。これほど、大掛かりな第九コンサートは、もちろん県内では初開催。黒岩氏は「大分の第九のように連合組織でお互いが助け合っているのは特別で、全国でも例がない。自然な形で集まり、いつも温かい気持ちになる」と語った。

ソリストは二期会会員でソプラノの塩田美奈子をはじめ、アルトの廣田律子、テノールの錦織健、バリトンの池田直樹という豪華メンバーが出演』

新聞には六〇〇名とあるが、正確には、大分二五四名、延岡一二四名、佐伯六十四名、中津九十二名、鳴戸一名、計五三五名の合唱団となった。

別府市のビーコン・コンベンションホールは三六〇〇人を優に収容できる多目的ホールなので、ステージは特設となる。一〇〇名のオーケストラの後ろに十四段のひな壇が組まれ、そこに一段三十八人が並ぶ。なかなか壮観なものである。

そしてそのステージの後ろが黒幕で仕切られ、合唱団の待機場所となる。開演が二時なので、集合は十時二十分であった。受付には大分以外の方々もいるので、ピアニスト（練習時）のOさんをはじめ多数の方が手伝った。また舞台の方では、いつものステージのシール貼りのベテラン団員が奮闘する。本当のことを言わせてもらうと、裏方さん役も務めた団員がようやくステージに上がった時には、ホッと一息という状態だったことがセンセは今でも脳裏をかすめると言う。

ゲネプロの時、黒岩氏も、ソリストとして招いたテノールの錦織健氏も、キャパシティが広くて、うまくいくかどうか心配されていたと聞いた。黒岩氏は、特にオーケストラの場所の床が敷物であったため、危惧の念を持たれていたようである。しかし、大分県知事が「豊のくに百萬人の第九コンサート」と宣言されて始まった「第九」は、すごい音響をホール一杯に響かせた。ボクは全く「ずぶの素人」だから、とにかく、「みんなが無事に、この行事が終わることが出来たらそれで良い、良い」と思ってセンセの後日談を、少し真剣に聞いてやった。

遠くは宮崎、延岡、中津、佐伯と、合唱団員を運ぶバスがビーコンプラザの周辺を往来する様は見事であった。別府湾の向こうに見える高崎山を背景に、まだ落葉しきれない銀杏が冬の日にキラリと光っている光景は、演奏を終えた方々への唯一の贈物だったのではないだろうか。冬の日が落ちるのは早い。後片付けをして帰る時は、別府公園の街燈がほのかに闇に煙っていたという。

三 阪神・淡路大震災とサリン事件

ところでボクは、昨年来から何やら見過ごしていたことに気が付いていたが、センセが矢継ぎ早に押し寄せてくるイベントに追われているので、遠慮していた。一九九五年の一月十七日には、大変なことが起こっていたのである。あの「阪神淡路大震災」である。

センセが柄にもなく流感に罹っていて、医者嫌いなセンセが、しかたなく医院に行ったことをボクは知っている。それでも彼女はボクの散歩を忘れなかった。ボクまで風邪を引いたような気がして、クシャンとすると、

「あ、スマに移してしまったから、私はもう大丈夫」

なんてことを平気で言って、一生懸命に関西地方の親戚や友人たちに電話をしていた。気の利いた友人は、向こうから自分ばかりでなく関連のある友人たちの消息を知らせてきてくれた。

「災害は忘れた頃にやってくる」

などと、のんきなことを言ってはいられない程の大きな地震だったのだ。

高速道路がなぎ倒され、ビルが傾き、崩壊し、更には火災。ボクがボクなりに心配したのは、つながれているボクの仲間のことである。鳴いたって吠えたって、どうしようもないこともある。こういう時は野良の方が助かる可能性が高い。いやいや、犬を飼う人は、元来「人がいい」人が多いので、決して見捨てることはないだろう。あの三宅島噴火の時、避難時の光景の中に、ボクの仲間をリュックに背負っていた人がいたではないか。避難所で温和《おとな》しくダンボールに収まっているのがいたではないか。しかし今回は大いに状況が違う。ひょっとしたら家の下敷きになったり、主人を助けようと側に行くには行っても、そこで二次災害にあったり等々、ボクの頭がパニックになっている時、センセの甲高い声を聞いた。

「犬って、いや動物って、その本能はすごいんだね。今テレビで聞いたんだけどネ、野良公たちが集団になって、大きいのが先頭、中に小さいのをはさんで、最後尾が大きいのというように並んで、それも災害のなかった東の方を向いて一列にゆっくり歩いて行くんだって。作家の藤本義一さんの体験談で、そう言っていたのよ。ねぇ、スマどう思う。お前は野良じゃないから、そういうことは出来ないだろうけどネ」

後の文言がなかったらボクも大いにうなずくのだが、今さら野良公になれる訳でもなし、しかしボクの仲間たちが人に褒められるような行動をとってくれて、内心は嬉しく誇らしくもあった。

しかし、まだ地震災害が癒えてないうちに、またまた大変なことが起こったのだ。首都東京の霞が関の地下鉄で、サリン事件が起こったというのである。

「サリン」、そんなものがあったのか、ボクはもちろんだがセンセでも知るまい。何語だろうか。とにかく猛毒だそうで、そのガスを吸うだけで脳天をやられてしまうのだから、たまったものではない。東京でも、地上はオフィスが林立している丸の内周辺となると、そこへ向かうサラリーマンたちを一網打尽に抹殺しようというのであろうか。どういう意味か、何の目的なのか理解に苦しむことを人間の手で行ったのである。

首謀者は誰だ。日本中の人々が何よりもその犯人を早く突き止めたく、いきり立っていた。ボクも犯人が分かったら、その者の胸ぐらに、飛び掛かっていきたい気持ちになっていた。

やがて犯人は妙な宗教団体「オウム真理教」の信者ということが判明してきて、何人かが逮捕され、テレビ、新聞は連日、この嫌な事件を報道し続けていた。

ボクは、センセからの間接的なニュースの取得だから少し怒りが和らいではいるものの、人間というのは神に近いような人もいるけれど、人間の仮面をかぶっている悪魔のような人もいるのではないのかと思った。

ボクなんか犬だから拝んだり信じたりはしないけれど、面白いことに日本の神道にはなぜかボクの仲間の狛犬に「あ・うん」（阿吽）の表情をさせて、神社前の左右にもう一つの守り神のように安置しているのは、これまたどんな意味があるのだろうか。案外ボクたち犬は、昔から神様に愛され、お供をしていたのではないだろうか。どんな信条があるのか分からないけれど、既存の神々を冒瀆するような行為は絶対に許されないと、一人興奮していた。センセも同じ意見ではないだろうか。

四 ボクも九歳

一九九七年、昨年の二十周年記念演奏会で一つの節目を迎えたように、今まで合唱指揮に当たられていた野崎先生が一線を退かれ、宮本修先生が指導に当たられることになった。

一九七七年、二台のピアノで初演奏を催したことや、一九九四年のウィーンでの演奏会、そして昨年の二十周年演奏会等、「大分第九」をここまで育て上げた野崎先生の熱意に、会員は感動するばかりである。

次にバトンタッチされた宮本先生もまた「第九」の申し子みたいな方で、まずビデオによってベートーヴェンの心（魂）を伝えた。その中に小林研一郎指揮者自らが、フレーズを歌われているシーンがあった。

センセはいよいよ「第九」を歌うだけでなく、もう少し深く探求してみたいと思ったというから、ボクもまたそれに付き合わされるのかと思うと少し憂鬱になってきた。つまり、ボクと遊んでくれる時間が短くなるということである。

ボク自身も早九歳になっているから、人間の年齢でいうと六十歳くらい。そんなに飛び廻って遊ぶ訳ではないのだが、ときどき散歩のコースを変えて探検するのが面白いと思い始めていた。平凡な畦道でなく住宅街を散策してみたかったのだ。

しかし、それはボクの一方的な願望であって、センセにとってボクの散歩は大変な仕事だったのである。なぜなら世の中は一様ではない。犬を嫌いな人もいる。ボクの観察では本当に犬好きな人は一パーセントくらいではないかと思う。根っから好きであっても色々な事情で飼えない人、本当は好きではないけど体裁や見栄で飼っている人、金儲けのために飼っている人、働かせるために飼っている人、とにかく様々な人がいるのは事実だが、なぜか日本は戦後経済的に豊かになったとはいっても、動物の保護については今一つ足りないところがあるように思う。そればかりか、犬のこととなると目くじら立てて嫌う人、追い払う人、ちょっと片足を上げただけでその光景を見て追いかけてくる人等、センセはそのような試練に耐えなければならないことを十分知っているからである。

でもセンセは、ときどき朝早く住宅街の散歩にボクを連れて行ってくれた。ボクの住んでいる地区は意外に犬を飼っている家が多くて、ボクが通ると、

「ワン」

とか声にならない声を出して通してくれる。ボクは頭を下げて、とにかく無事に通してもらう。ところが、ボクよりちょっと先輩の「レオ」という犬はいつもけたたましく吠え立てるので、ボクも、

「いつか咬みついてやるからな」

と怒りを胸におさめながら通り過ぎるのだ。

それとどうしても分からないのが、「ココ」という犬で、一般には介助犬などで活躍しているレトリバーという犬種なのだが、とにかく見境なく吠え立てるのである。

大概の犬は人間の良し悪しは分かる筈なのに、「ココ」には分からない。ボクは密かに「バカココ」と呼んで全く無視していた。

同じレトリバーの「サンディ」はお利口さんで、リードをせずに飼主について歩いているのをよく見かけるし、センセに会うとすぐお腹を出して寝てしまう。ボクよりセンセを好きなのかと、ちょっとジェラシーを感じたりした。

いつになく心のうちをぶちまけてしまって……。ボクも年をとったものだと鼻に筋を寄

せて苦笑した。

第5章

二十世紀の終わりに

一　第十三回国民文化祭に参加

一九九八年、この年の「第九通信」はビッグニュース満載で、先取りのイベントを伝達するのに忙しかった。

その一つは、一九九九年二月十三日、ウィーン楽友協会ホールでの「第九」演奏会が決定したこと。そしてその指揮者に、かつて「第九」の合宿時に「第九」の指揮をすると豪語した山田啓明氏が、決定したことである。

さらに、この年は第十三回国民文化祭が大分県で開催されるということで、その一部門、開会式オープニングフェスティバルに「大分第九」が参加することになり、そのための練習が加わってきた。第一部は「翼」（服部隆之作曲）で幕が上がり、第二部では「すべての山に登れ」（サウンド・オブ・ミュージックから）。ソプラノ歌手、佐藤しのぶさん（ソロ）のバック・コーラスを受け持つのである。それに従って練習日が、特別に九月二十三日と十月十六日に設けられた。十月十七日（土）がリハーサル、十月十八日のゲネプロが九時三十分からというから、三日間も続けてセンセは大分に出向いて行った。遅い台風の接近で、十七日は大分泊まりの方も出たようであった。センセは十八日朝、雨の降りしきる中を出かけて行った。もちろんボクの散歩はおあずけであったが、夕方帰ってくる彼女の報告を楽しみに、所定の場所にうずくまっていた。

出演者は、ゲネプロ時に少しは舞台の様子を見ることが出来るが、後は何がどうなっているか分からない。しかし幸いなことに「第九」のメンバーは出番が第一部も第二部も最初だけなので、出演後は客席で流れを見ることが出来たのである。神楽やキツネ踊りの子供たちとは楽屋の廊下ですれ違ったりしていたから、センセはなるほど大分の一村一芸を披露するのだと思ったりして本番を待っていた。

しかしこの待機が最も不自由極まるものであったようだ。というのは皇太子ご夫妻のご臨席を仰ぐので厳戒態勢がしかれていて、会場であるオアシス館内に居る者（つまり関係者）の出入りは、一切禁じられていたのである。

その話を聞いていると、何だか昔と全然変わらないじゃないか、むしろだんだん昔に戻っていっているのではと思ったりもした。国旗の掲揚や国歌斉唱が、式典には必ずといっていいほど行われるようになってきている昨今である。このことは一九九九年に法律で定められるようになって、好むと好まざるとにかかわらず、官公庁、国公立の学校、病院等では実施が義務付けられるようになった。

またしても話が前後したが、冬季オリンピックが一月に長野で開催されて、その時競技場のスタンドで歌われたのが「第九」であった。宮本先生は、その時の五大陸を衛星放送で中継した「第九」のビデオを鑑賞することによって、ますます世界は一つ、「今年もやろう！」の意気を燃え上がらせたのである。

さて「第九通信」十一号には、ウィーン第九の公演に向けての記事が目立つようになった。特別の練習日が一九九九年一月二十四日に設けられている。参加団員数がパート別で、ソプラノ三十、アルト八十七、テノール十四、バス二十、そしてサポーター六十六で総勢二一七名と報告され、更に補充団員の募集も行っている。

二 第二回目の「ウィーン公演」

一九九九年二月十三日、ついに夢が現実となった。センセは「一つ松会」（旧大分県立別府高等女学校）の会報にときどき寄稿しているが、驚くべきことにウィーン公演後のエクスカーションの旅行記を、一気にまとめて寄稿しているのである。余程彼女の胸を熱くさせたのであろう。ボクは温和《おとな》しく留守番を引き受けていた甲斐があったような気がする。

◆

一九九九年、ノストラダムスの予言によれば七の月に一大変事が起こるというのだが、地球上を駆け巡ったニュースは女性船長を乗せた宇宙船がＮＡＳＡを後にしたということであった。目覚ましい科学の進歩とは裏腹に歴史的に考察してみると、この世紀ほど多様な事件、変化に富んだ世紀はなかったのではないか。防ぎようのない自然の災害は別としても、世界大戦が二度も起こり且つ未だに地球の各所で主に民族紛争が続いている状況は、現時点で私たち総五十七億の地球人に生きていく過程で様々な経験を余儀なくさせる。私は一九二九年生まれだから、約四分の三世紀の間、作為・無作為にかかわらず、バラエティに富んだといおうか、狂瀾怒濤の渦の中をどうにか木の葉のように漂って息をしてきたといえる。

その漂うことはまだ続くのである。一九九九年二月十一日、「日豊第九を歌う会」の団員一六三名の一人として、音楽の都ウィーンに向かって旅立った。今回で二回目のウィーン公演ではあるが、会場が有名なウィーン楽友協会のゴールデンホールということが旅立ちの動機となったのは事実だが、私の主なる目的は公演後のエクスカーション、つまりチェコのプラハを皮切りに、かつての東欧諸国の一つ、東ドイツのドレスデンやライプツィヒ、そしてベルリンと、「音楽の故郷を訪ねての旅」ということにあった。

二月十三日のウィーン公演は地元ウィーン七区の区長さんの骨折りで二〇〇〇名のウィーン市民が会場を埋め、ステージにはトーンキュンストラー管弦楽団、ソリストに別府市出身のエリカ・マキノ・グリュグラーさん、大分市出身の廣田律子さん、そして指揮は別府市出身の山田啓明氏で、合唱団は若い指揮者の情熱的なタクトに乗り、オーケストラによくマッチして今までにない「第九」を歌い上げた。会場は総立ちの大喝采で十分間も拍手が鳴り止まなかった。

三　エクスカーションは東ドイツ

その興奮の覚めやらぬ十四日朝、私たち東ドイツ巡りグループ六十三名は、六時三十分朝食、七時三十分出発のスケジュールに慌ただしい時を過ごしホテルのロビーに集まった。まだ外は薄暗く小雪がちらついていた。私たちはグリーンとイエロー組に二分され、それぞれのバスに乗り込んだ。私はグリーンで別府の仲間が六名、後はほとんど大分の方たちだった。

ガイドさんは女性でエリーさん。長身で、いかにもドイツ人らしいベルリン大学出の日本語ペラペラのインテリ。これから五日間の旅をエスコートしてくれるのである。彼女は、わざわざバッハやモーツァルト、スメタナそしてベートーヴェン等のテープを持ち込んで、単調なドライブをいくらかでも和らげるように心遣いをしてくれた。そのお蔭でウィーンからプラハまで約三〇〇キロメートルの大雪原を走るだけのバスの旅は、まるで幻想の世界に身をゆだねているようであった。ときどき、

「あっ野兎」

の声に車窓に顔を押し当てて眺める程度で、遠くに見えるボヘミアの森であろうか白一色に塗られた小高い丘陵地をぼんやりと見ていた。

十年ぶりの大雪だそうで、アウトバーンも片側通行になっていて、走っているのは私たちのバス二台とたまに見かけるライトバンのような車くらいだった。半日かかって昼過ぎプラハ市街に入った。昼食を取るために入ったレストランは地下であった。初めてのチェコ料理である。蒸しパンのようなクネドリーキ、味の濃い野菜スープ、そして鳥の丸焼き、すべて量が多くて、とても全部は食べられないが、それでもチェコ特産のプルゼニのビールを味わいながら昼食を終えた。

ここから徒歩でプラハ市内観光である。ガイドさんはグリーン組の一行を更に六班に分

けての出発である。

プラハ城はブルタバ川の対岸にあるハラチャニイ丘に建っているので、カレル橋から見るのが最も美しく見えるらしいが、そこに行くまでにはヴァーツラフ広場を通りティーン教会の二つの塔を見上げ、そこから黄金の小路を下った。

途中、衛兵の交替があった。狭い雪の坂道を、真面目に歩調をとっての行進に拍手を送りたい気持ちであった。

オモチャの博物館を横目に緩やかな坂道を下ってカレル橋に向かった。ヨーロッパに現存する最古の石橋はカレル四世によって架けられたといわれ、石組みはアーチ式になっており、両側の欄干には聖書に題材を求めた三十体の聖像が並んでいた。「黄金のプラハ」「百塔の街」と呼ばれるにふさわしいプラハ城を中心とした城の数々は、カメラに収めるには勿体ないような景観であった。

五時に旧市庁舎の鐘が鳴るというのでカレル橋を急ぎ渡り旧市庁舎の前に集まった。もう空は薄闇に包まれ始め時計には照明が当てられていた。五時きっかり鐘の音と共にキリスト十二使徒の人形が一体ずつ姿を見せてくれた。時計盤は天体を模してあって、左右の端には現世と来世を示しているようなユニークな像が上下していた。

人口一二〇万人余りのプラハは市民のほかに観光客も多いらしく、この繁華街は人通りが多くてスーベニアショップは賑わっていた。私たちはボヘミアングラスの専門店に案内されたが、グラスをはじめガーネット、琥珀など、いずれも高級品で私には手が届かぬものであった。Ｋさんが素早く見つけたチェコの民族衣装を着けた人形は彼女の旅の宝物となった。

ホテルの名は「ドン・ジョバンニ」。モーツァルトの作曲になるオペラ初演の地であるのを証明するかのようである。近代的な設計で、吹き抜けのホールのオブジェには度肝を抜かれた。

それから街のレストランに夕食に出かけたのだが、ここでの会食が旅の中で一番盛り上がったようである。それはアコーディオンとホルンを持った二名の楽士が青色の白茶けた軍服のようなものを着、トルコ帽のような兵隊帽を被って登場したことである。スメタナの「モルダウ」やドボルザークの「新世界」をはじめとして奏する曲目のレパートリーが広く、遂には日本の「上を向いて歩こう」まで弾き出したのである。

料理の方は昼よりも更に豪華さを増して、鳥の丸焼きの後には牛肉の塊のようなものにジャガイモを添えて出してきたのには、丁重に返上せざるをえなかった。しかし甘味の濃いデザートのチョコレートケーキは少し苦みのあるコーヒーで美味しく頂戴した。

ほんの半日垣間見たプラハであったが、悠久の歴史そのものを現存させている古都プラハを再認識した。特にガイドさんの説明で、世界史上で名高いカレル四世や、ヤン・フス、ハプスブルク家、そして音楽家として有名なスメタナ、ドボルザーク、モーツァルトの名前を耳にすると今までの幽かな憧れがよりリアリティをもって身に迫り、興奮してそれを抑えることが出来なかった。雪道に馴れない徒歩観光とも相まって、ホテルに帰るとただただ深い眠りの虜となった。

十五日、出発が少しゆっくりで、豪華すぎる程のバイキング料理に満腹し、再びバスの人となる。最初に座った座席が指定席のようになってルームメイトのKさんと並び、ガイドさんの後部座席という幸運に恵まれた。

いよいよ旧東ドイツ圏のドレスデンに向かうのである。雪の後の晴天はこよなくすべての自然界を神々しく輝かせて私たちに迫ってくる。気温が低いから解けることを知らない樹氷となった針葉樹がお伽の世界のクリスマスツリーとなり、白樺の幹には風向きによって付着した雪がベールのような装いを以て車窓の景色を飾った。

バスはエルベ川の上流にあたるところを川沿いに進み、遥か遠くなだらかな丘陵が幾重にも銀波のようにうねり輝いてカメラのシャッターを押すのも忘れていた。

その風景も、国境近くになると丘陵地は山地に変わって日本の景色に似てきた。やがてチェコと旧東ドイツの国境にさしかかる。チェコ側で検問があるので、その間がトイレ休憩となるのだが、トイレの番人もおらず売店も閉まっていた。

前から気になることであったが、対向車がやたら多い。そしてそのほとんどがドイツのナンバーである。おそらく物価の安いチェコに買い物に出かけるのであろう。ちなみにチェコの通貨は「コルナ」、一コルナは日本円にして約四円、パック菓子が十コルナとすると四十円くらいだから、少なくとも三分の一の価格である。チェコではオーストリアシリング、ドイツマルクが通用するのでコルナそのものに両替することもなく、釣り銭のコインしか手に出来なかった。そのコインもプラハの楽士たちにプレゼントしてしまったので全くコルナには縁なしであった。

国境を通過し山を下って行くと、やがてバスタイの標識が見えてきたので私はホッとした。というのはザクセンスイスと呼ばれるバスタイ観光という案内があったので予め様々な世界地図で調べてみたが、その地名を見出すことが出来なかったからである。しかし今、バスタイの地名があることを見たのである。

スイスの画家が、この地をザクセンスイスと名付けたそうだが、粗削りに削られた奇岩の混在する深い谷と、悠々と流れるエルベ川の取り合わせは画家にとっては見逃すことの出来ない構図だったに違いない。中津の方が、

「耶馬渓《やばけい》たい」

と言われたが、正に頼山陽《らいさんよう》が絶句したという大分県の誇る景勝地の一つである耶馬渓の景色そのものであった。人口三〇〇人くらいの村にたった一つのホテルとレストラン、

ロッジ風のスーベニアショップがひそやかに息づいていた。おそらく余程のことがなければ訪れる機会はないことを思ってペンダントを記念に買った。ここはマルクの世界で十マルク紙幣を出すと二・五マルクが重たいコインで戻ってきた。

バスタイからドレスデンまでは距離的には一〇〇キロメートルでそう遠くはなかったが、市街地に入るとやはり思わぬ時間がかかって、旧市庁舎のレストランに着いたのは昼過ぎであった。午後の観光があるので、ここでは急ぎ目の昼食となってメニューの記憶がないが、トマトケチャップで和えたようなライスが肉の付け合わせで出たようである。あまり美味しい味付けではなかったのを覚えている。

バスへ行くまでの間、商店のショーウィンドウを見ると、刺繍を施した布地を陳列しているのが目に留まり、手造りのパンとソーセージを並べてある店がなぜか大きな長靴の看板を掲げていたのが印象的であった。

バスはエルベ川を渡り大聖堂の前で私たちを降ろした。見渡す限りそこは建造物の博覧会場のようであった。

ドレスデン王宮をはじめ、ゼンパーオペラ劇場、ツウィンガー宮殿と徒歩で見てまわった。ガイドさんが一生懸命に詳しく説明されるのだが、あまりにも巨大で堅牢な建造物に圧倒されてため息が出るばかり。なかでも君主行列の壁面には釘付けされたようにそこに立ちつくした。一一二三年から一九〇四年までのザクセン王たちの行列を二万四〇〇〇枚のマイセン磁器タイルで描いているのである。その長さ一〇二メートル、とてもパノラマでも至近距離ではカメラに収められなかった。

歴代のザクセン王が偉かったのか冷涼な気候風土が頭の良いドイツ人を作ったのか、ここドレスデンはドイツ人の発明の拠点であったという。例えばヨーロッパ初の長距離鉄道やピルゼンビール、コーヒーフィルター、コンデンスミルク、歯磨き粉用のチューブ、そして一眼レフカメラ等、私たちにも馴染み深いものが、この地から生み出されているとなると、より親しみを覚えるのである。

一応の観光を終えてホテルに着いた時は夕闇が迫っていて街の灯がともり出していた。ウェスタンベルビューホテルはエルベ河畔に面したところにあったが、情緒ある風景は照明がなくて見ることは出来なかった。

夕食後、夜の街に出かける人もいたが、ホテル内の売店に立ち寄ると、そこにはマイセンの磁器の小物や木工細工が陳列されており、絵画や写真のカレンダーなども壁に飾られていた。私は切手のようにデザインされているドレスデンを中心とした各城を描いたシールを記念に求めた。いつの日かこれらの古城を巡ってみたいものである。雪景色もさることながら、花に埋もれる古城もまた、絵になり詩情をかきたたせるものであろう。

夜間に雪が降ったのかホテルの玄関前のポストは雪帽子を被っていた。今日十六日はライプツィヒに向かう。マイセンまでは今までの走行距離で最も短い二十三キロメートル、二十分で磁器の街マイセンに着いた。

ここではショールームと見学用工房を見るために二班に分かれ、コートや手荷物を預けて身軽になったところで見学となる。工房では部屋ごとに説明のためのテープが日本語で作業工程に従って流れ、作業員は土をこねたり、ろくろを回したり、絵付けをしたり、釉《うわ》薬《ぐすり》をかけたりしていたが、なかでも絵付けをしている人の器用な筆扱いには驚いて、しばし佇んでいた。そこに歴史的な伝統を誇りとしている職人の魂を見たようである。

ショールームでは、年代ごとに約三〇〇〇点の作品が陳列されていて、その華麗さに息を呑んだ。一階の片隅に設けられている直売店では磁器のほかに絵付けの図案を印刷した封筒などが売られていたが、これはとても高価な磁器を買えない人たちのための策だろうか。

出口の側に設けられているガイドさんお勧めのカフェに入って「カプチーノ」と「アップルパイ」を注文すると、マイセンの代表的なブルーオニオンのコーヒーカップでもてなされた。アップルパイとの組み合わせも良かったのか、まことに美味なカプチーノであった。

感動のマイセンを後にいよいよライプツィヒへ。バスは雪の大平原（正確には盆地）をひた走りに走る。遥かに見える小高いところはエルツ山脈であろうか？　それともチューリンゲンの森であろうか？　地理的なことをガイドさんに聞くのをためらっていたところ、彼女はバッハのテープを流してくれて芸術文化の都市へ誘《いざな》ってくれた。

九十分でライプツィヒに到着。ここでの昼食がほとんど記憶に残っていないのは、何よりも「バッハに会いたい」の一念の方が強かったのかもしれない。ガイドさんもトーマス教会とバッハについては、バスを降りるなり詳細に歩きながら説明してくれた。

バロック音楽の代表といわれるバッハ、彼はここトーマス教会のカントール（合唱長）を二十七年間務め、そして永遠の人となったという。すでにその墓の上に二本の深紅のバラが手向けられていた。鎮魂のためのキャンドルを何人かが捧げると、ほの暗い教会の中にオレンジ色の炎がかすかに揺れて、荘厳な教会が一瞬柔らかい空気に包まれた。

私たち一行はバッハの記念像の前でカメラに収まった。この写真こそがこのグループの唯一の全体写真となった。

教会からは銀行が近く、ライプツィヒコンメルバンクで両替をした。日本を出る時一万円をマルクにしただけなので、ここでは五万円を替えた。レートの高低はよく分からなかったが、何かたくさんマルク紙幣を手にしたようである。それを手にショピングへと向かうところだが、その前にゲーテの記念像を見に行き、そこでメドラー・パサージュを紹介された。そして、ゲーテが足繁く通ったという「アウエルバッハ・ケラー」（地下酒場）も教えてもらう。二つの彫刻は集合場所の目印となって、指定時間までショッピングを兼ねて散策したが、時には吹雪くような天候のせいか折角のアーケードも暗く感じられ購買意欲は湧かなかった。

ゲーテは確かフランクフルト生まれである。その彼が三五〇キロメートルも離れたこの地で有名なのは、シラーやフンボルト兄弟、ヘーゲル等と共にイエナ大学で学びながら、更にライプツィヒを訪れ大学で研鑽を積み文学に没頭していたからである。

その当時のライプツィヒは、バッハをはじめとしてワーグナー、メンデルスゾーン、シューマンたちが音楽の世界を芸術文化の源として創り上げており、マイセンの磁器工芸品を主として美術工芸品の宝庫とも、なっていたのである。更に学問のメッカは印刷技術を発達させ、書籍の印刷では群を抜く都市となっていたというから、ゲーテが文豪としての地位を築くための土壌が、ライプツィヒそのものであったといえよう。そうしてゲーテはイエナに近いワイマールで五十年間過ごし、その間宰相としても活躍している。文学、哲学、政治学とグローバルな学問の世界を築き上げた偉大な人物が息づいていたライプツィヒに、今私もいるという感動と共に再びゲーテ像の前に立つのだった。

ヨーロッパの冬は暮れるのが早く、それに雪模様なので気分的にショッピングどころではなかった。またどんなに贔屓目に見てもショーウィンドウのレイアウトは野暮で照明が暗く、商品も色彩からして何となく暗い感じであった。吹雪の中をバスのところまで歩くのが精一杯だったのと、思考と現実の挟間に立たされた精神状態で早く落ち着きたい気持ちが先行した。それでもホテルまでの途中垣間見たゲバントハウス、この大ホールで「第九」が歌えたらどんなに素晴らしいことだろうと思っているうちにバスはホテルに着いた。

ウィーンと同じコンチネンタル系で、渡されたキーはカードであったが少し扱い方に念がいっていた。青ランプの点滅で首尾よく二十五階の部屋に入ると、窓からはライプツィヒ大学がかすかに雪で煙《けぶ》って見えた。

その下は中央駅であろうか。もしそうだとすると二十六本の平行軌道を持つ頭端式駅として、数年後には近代的な駅に改造されるという駅である。ウィーンでもそうであったが、部屋のテレビに歓迎の画面が出てKさんと嬉しがったりしたが、もっと吃驚《びっくり》したのは、赤と白のワインがボトルのままコップと共に置かれていたことである。一晩でこれを飲み干すことは出来ないし、部屋のインテリアの一部なのか不思議な代物であった。

十七日、外は夕方から降り始めた雪で真っ白になっていた。昨日より更に遅い出発で朝食をゆっくり取ることが出来た。ドイツの黒パンにチーズと生ハムをはさんで食べる私流の朝食はずっと続いていたが、バイキング方式のテーブルには多種類のパンが用意されていたのだから、もう少し試食をしておけばよかったと今にして悔やまれる。

私の旅の関心事の一つは食事であるのだが、チェコ以来、胃袋を大きくしておけばよかったと冗談が出るほど、とにかくボリュームがあるのに舌を巻いた。しかしこのくらいの量と共にビールやワインを飲まなければ寒い冬を越せないのであろうとは思う一方、日本人ツアーの費用が高いので豪華なメニューとなるのかとも思った。

ときどきライスらしきものが出されるのだが、これも好意的なものか単に肉の付け合わせの野菜としてのものなのか分からないことの一つである。一応食べてはみたが決して美味しいといえるものではなかった。

最後の目的地ベルリンに向かう。バスはドイツ平原を北上する。十年ぶりの雪ということだが、大分ではあまり雪に縁がない生活をしている私には最大の贈物のようで、車窓から目を離すことはなかった。

再びエルベ川を渡り、十時四十分頃、ベルリンの郊外ポツダムに入った。ここはプロイセンの王家の居住地であった。現在はブランデンブルグ州の州都として十四万人の人口を擁している。

市街地を通ってツェツィリエンホーフ宮殿に向かう。途中、旧ソ連軍の兵舎等が空き家になっていて少し無気味であったが、フリードリヒ二世（大王）によって完成したという広大な庭園に入っていくと、そこにはモミやドイツトウヒの林がそれぞれに雪の冠を戴いていた。

宮殿までは雪の道を徒歩で進んだ。ところどころアイスバーンがあって二、三人の人が転倒した。宮殿そのものはあまり大きくはなく、フランスから修学旅行で訪れた高校生の団体を入れると部屋は人で満ち溢れるほどで、順番待ちをして一通りの見学となった。

第二次大戦中の国際政治の場となった部屋は、さほど広くはなく質素なものであった。連合国の戦後処理構想の最後の場となったポツダム会談をここで行い、米・英・ソの首脳がポツダム協定（対独戦後処理方針）を、そして米・英・中、後にはソ連が加わってポツダム宣言を発表したのである。宣言は言うまでもなく対日戦争処理方針を決めたものであって、日本がこの宣言を受理することによって一九四五年八月十五日、第二次世界大戦は終了したのである。日本にとって無条件降伏という未曽有の敗戦という歴史の一コマが、ここでの会談で成立したのかと思うとなぜか背筋の冷たくなるのを覚えた。部屋の窓越しに見える湖をはさんでの林の遠望は、何としてもカメラに収めたいものであったが、撮影禁止で心象に留め置くこととなった。

ガイドさんがする「オランダ区」とか「フランス教会」とかの説明を聞き漏らしていた

ので後で調べてみると、プロイセン王の産業振興政策として、まず人口を増やすためにオランダ人やボヘミア人、フランスのユグノーたちを進んで移住させ各産業に従事させたので、ドイツ人以外の人々の住む地域が生じたのである。それにバッハやヴォルテール等著名な客人をロココ様式のサンスーシ宮殿に招聘しているというから芸術・文化の面でもその発展に大いに貢献したといえる。

もっとポツダムを知りたい、もう少しここに居たいという気持ちを残してバスは「蛙の館」で停車した。レストランの入口の看板からして蛙で、中に入ると調度品のすべてが蛙・蛙。アンティークな蓄音機のラッパの部分にも蛙の縫いぐるみが入っていた。ピアノの横のボックスに一マルクコインを入れるとオルゴールが鳴り出して楽しい昼食となった。

旧東ドイツの首都ベルリンは、一九九〇年東西ドイツ統一までは、米・英・仏・ソの四大国に占領されており、ベルリンそのものは東西に二分されて、東西の交流の自由はなく、検問所を通らなければならなかった。ポツダムから、そのベルリンまで僅かに十五分、市街地に入ってバスはクーダム大通りを通った。ヴィルヘルム皇帝記念教会が三十年前と全く同じ姿で目に入ってきた。ホテルはそこから十分とかからなかった。斬新な壁面を持つコンチネンタルホテルで印象に残る建物であった。

夕食まで時間があるのでショッピングに出かけた。教会を目当てに進むと途中動物園の入口があり、その向かい側にヨーロッパセンターが建っていた。それを下るとデパートのような店があって私たちはそこに入った。

色々と土産物を探していると外は夕闇が迫っていて急ぎ帰途についた。しかしここで「知っているつもり」が大失敗を招いたのである。

教会から左へとるべき道を右にとったのが間違いの元で、進めば進む程ホテルへの道が遠くなり、とうとう駅のような建物に出合って間違いを悟り、出発点に戻るべきか否かを迷った挙句、タクシーのご厄介になる羽目になったのである。まだ若いちょっと太り気味のドライバーが、ホテルまで届けてくれて安堵したものの、コンクリートの高いビルとビルの間の、暗くて小雪の舞う道を車で走るのは、やはり不気味なものであった。

昨夜の雪はどこへやら、青空が眩しい快晴の朝を迎えた。朝から市内観光、知ったかぶりの反省からベルリンの市街地図を手にホテルを出発した。まず目に飛び込んできたのは高さ六十七メートルの戦勝記念塔であった。そこからしばらくするとブランデンブルグ門が見えてくる。この門を起点に戦後の冷戦はベルリンを東西に二分し、越えられない壁を南北に設置したのである。その壁が一九八九年東西ベルリン市民の手で破壊され、市民たちが「歓喜の歌」を歌ったのは記憶に新しい。一九九〇年に東西ドイツが統一されて十年を経たのであるが、記念のためか二キロメートルに亘って壁は残され、その壁面に世界のアーティストたちが平和を祈念して絵を描いている。富士山が描かれている部分は日本人画家が描いたのであろう。

十九世紀、プロイセンの「ドイツ帝国」の首都であったベルリンの偉容は、その建造物に象徴されていた。ベルリン市庁舎やフンボルト大学、インゼル博物館、ドイツ大聖堂、フランス大聖堂等は昔のまま存在し、それに高さ二〇〇メートルあまりの巨大なテレビ塔や、箱形の高層住宅が社会主義時代の証拠のように立ち並んでいた。ウンター・デン・リンデン大通りには統一後、フリードリッヒ大王の騎馬像が戻っていて、プロイセン時代をそこに見た。

バスはかつての東西ベルリンの検問所に向かい、ベルリンの壁博物館の前で停車した。三十年前、この検問所で二時間くらい待たされた記憶が甦ってくる。西ベルリンから東ベルリンに入るのにどうしてこれ程厳しい検問が必要なのか、政治体制が異なるからだと頭では理解していても、夏の暑さの中で列を作って待たされていると恐怖さえ覚えたものだった。そこが今は観光のメッカのようにたくさんの人が両方の入口から列をなして出たり入ったりしている。博物館は二階建てで、東ベルリンのドイツ人脱出の生々しい記録が色々な資料と方法で展示されていた。

それからケンバー広場へ。そこには西ベルリン時代に建てられたというフィルハーモニー音楽ホールやベルリン劇場、ニュー・ナショナル・ギャラリーが東ベルリンに対抗するように並んでいた。それらを一巡して、バスはプロイセン王国の夏の離宮シャルロッテブルク宮殿に向かった。フランスのベルサイユ宮殿を模したものといわれ、左右に鳥の羽のように伸びた形をしており、今はドイツ・ロマン派の絵画を集めた美術館や、先史・古代エジプトの発掘品を展示した博物館になっている。柔らかい冬の日差しを受けた雪の庭園には観光客のほかに、親子連れや犬連れの家族の姿もまばらに見られた。

午後はフリータイムになっていて、昼食はそれぞれで取ることになるので添乗員さんのお勧めの日本料理店に入った。

焼きうどんを注文したら、客の目の前でおもむろに焼いて出してくれた。味噌汁とおしんこがついて二十二マルク。日本茶は別会計で四マルク。日本の感覚での「お茶は飲み放題」とはいかなかった。

腹ごしらえが済んだのでいよいよショッピング。途中、添乗員さんが道を間違えるハプニングもあったりしたが、それはそれでベルリン市街を多く見ることが出来た。三十年来の念願とも言おうか、私は熊の印章（ベルリンの紋章）のついたスプーンを探した。ヨーロッパセンターの一隅にスーベニアショップがあって、そこにスプーンをはじめ色々な小物が陳列されていた。レジの老紳士は日本語で応対したが、勘定となるとドイツ語で言うので聞き取れず紙上計算となった。ここで数学と音符はまさしく万国共通ということを再認識した。

夜はオペラ鑑賞の予定なので、五時までにホテルに戻るべくタクシー利用の術をここで実験し、Ｋさんと悠々と帰途についた。

早い夕食にもかかわらずフルコースのディナーであった。オペラ劇場までバスを出してくれたのは有難かったが、劇場に横付けは出来ず、雪の舗道を歩くのは難儀なことであった。

オペラの出し物は「フィガロの結婚」。劇場はオペラ専用の馬蹄形で、豪華な装飾が壁面を飾っており、古き良き時代を偲ばせた。座席が二階の中央だったので、すべて完全に鑑賞出来る状態であったが、言語の壁がそこに横たわっていた。しかしダイナミックな演技といおうか、ジェスチャーと音で何となく内容が分かるような気がするから不思議なものである。日本でも最近のオペラの舞台装置や衣装がシックになっているが、ここでも色彩がすべて落ち着いていて、照明も明るすぎず、それでいて舞台の人物像の細部まで分かるように照射されていたので、静かに鑑賞が出来て大満足であった。

オペラ鑑賞の余韻を味わうこともなく、ホテルに着くや否や帰国の準備にとりかかった。あまり土産類を買わなかったので荷物は増えなかったが、それでも各地のパンフや小物でスーツケースは一杯になった。Kさんはチェコの人形を手に持つことにした。

十九日早朝、朝食のパッケージを手にバスに乗り、ベルリン空港に向かった。空港は改装中で、バスは玄関より外れて止まった。ここで最後まで付き合ってくれたバスの運転手さんに感謝の握手をした。ウィーンを出発以来五日間、走行距離は約一〇〇〇キロメートル、言葉が通じない外国人を乗せての運転には不安はなかったのだろうか。運転手さんはいつもニコニコしていて、臨機応変に私たちの希望をかなえるべく、時には遠回りになったかもしれない道を、時間をかけて旧東ドイツの案内に努めてくれた。チェコから山越えのザクセンスイスへの行程は決して楽なドライブウェイとはいえないのではないか。そのような箇所をスイスイと通り抜け、「ちょっとストップ」をたびたびしてくれ、名（迷）カメラマンたちにシャッターチャンスを与えてくれた。

彼の名はトーマス。バッハの眠るトーマス教会と同じなので忘れられない名前である。

空港に入ると、免税届の事務的なことをするために税関の前に並ぶ。ほとんどの人が日本人であった。免税分を振込みではなく、その場で返金してもらった人もいて、お金が戻ってきた実感を味わっていた。

パリで乗り換えなので再びエア・フランスに乗った。パリでは空港が拡張されていて、日本の関西空港のようにゲートの表示がやたらと大きく、たくさんあった。相当の待ち時間を空港内で過ごすにはショッピングを楽しむより仕様がなく、長いゲートの道を右に左に見て歩いた。マルク紙幣は使えたがコインは駄目であった。円も可能なところもあったが円安レートで割高であった。Ｋさんは堂々と日本語で、

「おまけして」

と言って二十フランくらいまけさせていた。

パリを十三時十分に発って翌朝は日本。シベリア上空を通るので三十年前よりずっと時間が短縮されてはいるが、北極海を見るコースもいいものだと遥か三十年前のヨーロッパの旅を思い出していた。

◆

大分合同新聞の同行記者の清原保雄氏も相当に感動したらしく、三月二十二日（月）朝刊フォト・アイとして、やや全面に近い写真入りの紀行文を載せている。

メディアの力は強いもので、県下の読者の目を魅了し、「大分第九」の偉業を認識してもらったのは言うまでもない。

『この試みを発案・企画したのは「大分第九を歌う会」（野崎哲会長）で、ウィーン公演は中津、延岡の「第九を歌う会」に支援を呼びかけて特別に組織した連合体による挑戦だった。最年少は二十三歳の秋吉和枝さん（挾間町）、最年長は七十八歳の明杖敏子さん（別府市）で、こうした年齢層の厚さはアマチュアならではのこと。

指揮は別府市出身の新鋭、山田啓明さん。ソリストは同じく同市出身のエリカ・マキノ・グリュグラーさん（ソプラノ）と野津町出身の廣田律子さん（アルト）ら。オーケストラは楽友協会を本拠にするオーストリア州トーンキュンストラー管弦楽団。合唱指揮は野崎会長。音楽監督はゲルハルト・カーリーさん（元ウィーン国立音楽大学教授）だった。

一行は十一日に大分を出発し関西空港からパリ経由で十二日夜、ウィーンに到着。十三日は朝からリハーサル。一週間前からウィーン入りしていた山田さんと最後の調整をした。

雪が舞う厳寒のなか、ホールは演奏会が始まる午後七時前に満杯になった。山田さんが舞台上手から登場するとホールはサッと静まり、日本から来た若い指揮者に聴衆の視線が集中する。しなやかで流れるようなトーンキュンストラーの演奏が一時間余り。終章の第四楽章でひな壇に座っていた合唱団がすっくと立ち上がる。独唱・合唱の掛け合いに続いて雄大に全合唱。山田さんの情熱的なタクトに乗り、大迫力のカンタータで劇的に終わる。

三秒ばかり、ホールからすべての音が消えたあと、地面からわき立つように称賛の嵐は起こった。すばらしい音楽を聴いたあとの心地よい興奮と余韻を楽しみながら、ここで初めて出会った「日本人のベートーヴェン」への驚愕と連帯の感情も織り込まれていた。拍手は十分間鳴り止まず、やり遂げたあとの感動で思わず涙する会員、ウィーン入りしてからは（緊張で）ほとんど眠れなかったという汗びっしょりの山田さんなど、それぞれの顔が輝きを放っていた。

会場で聴いていた野崎会長は「声はとてもよく出ていたし、これまでで一番の出来といってもよい。聴衆も温かく受け入れてくれた」と感想。

ウィーンは「第九番」が作曲され、初演されたところで、市民はベートーヴェンを誇りにしている。ウィーン留学中の日本人学生の一人、小玉晃さん（二十九）は演奏会前に「ウィーン市民はまず自分たちのベートーヴェンの知名度に満足し、次に日本人が母国語のドイツ語で歌うという事実に感激するでしょう」と話していた。同公演はそうした市民の誇りと期待にしっかりとこたえたようだ』

その興奮が冷めやらぬうちに第二十三回の練習が始まり、高揚した気持ちのまま年末の「大分第九の夕べ」を迎えるのである。

指揮者に再び山下一史氏、ソプラノには一九九八年第十一回チャイコフスキー国際コンクール声楽部門で一位になり、世界的に有名な佐藤美枝子さんを迎えることになった。佐藤さんにはすでに「大分第九の夕べ」で第十四回と第十六回に出演して頂いている。

この年の合宿（定番となった陣屋村の童里夢館）は盛りだくさんのメニューであった。それは八月二十二日の朝、各自の椅子の上に置かれた分厚い十枚に及ぶプリントに書かれていた。その内の写真は「大分第九を歌う会」の第十回目の練習風景で、会員たちのプロフィールが宮本先生と共にあった。当時の指揮者が黒岩氏であったことも見出すことが出来、ベテラン組は一入《ひとしお》懐かしがっていた。

合宿が終わって後期の練習が始まり、宮本先生は、しばしば「音情」という言葉を使われ、ベートーヴェンの「第九」は特に心で歌われることを示唆された。それはエクトール・レネ著、高波秋訳の『ベートーヴェンの「第九」の心』の書物を読むことによって、より理解出来るのではないかということでもあった。

四 「日本フィル」と共に

「第九通信」二号には小林研一郎指揮の日本フィル大分公演が決定し（二〇〇〇年二月十八日、グランシアタ）、合唱団員を「大分第九」から募集している。それへ向けての練習も一月十六日、二月一日と決まって年が明けてものんびりは出来ない状態になっていた。もともとセンセは日本フィルのファンで大分の友人と共によく聴きに行っていたので、その日本フィルと共に歌えるとあって早速応募した。

二十世紀から二十一世紀へと飛翔の世紀を迎えた。二月十八日、グランシアタでは、小林研一郎指揮の日本フィルハーモニーのオーケストラをバックに、ソプラノに佐藤美枝子さん、アルトに田中友輝子さん、テノールに米澤傑氏、バリトンに青戸知氏をソリストに迎え、二〇四名の「大分第九」の合唱団が「ベートーヴェンの心」を歌ったのである。もともと日フィルのファンの方や佐藤美枝子さんを讃えて地元のたくさんの方々がグランシアタを埋め尽くした。

第6章

二十一世紀へ

一 「鳴門第九」へ十名参加

二〇〇〇年、第二十四回「大分第九の夕べ」が四月二十三日発会式をあげた。当日は全国植樹祭が行われる日であったが、一八六名の参加者を得て練習が始まった。今年の「第九」はグランシアタで歌うことが出来る。今までのように会場確保に神経を費やさなくても良くなったものの、それだけ会員の経済的負担が若干増えたようだ。

総合練習で宮本先生は、ビデオによって「第九＝ベートーヴェンの心」を会員に教示される方法を取られる。

「交響曲に人間の声が入ることによって、より荘重な演奏になることを、最初に具現化したのが『第九』である」

として放映された映像は、長崎浦上天主堂で収録された小澤征爾指揮による東京フィルハーモニーの演奏で、マーラー作曲の「復活」であった。これも合唱付きである。

昨年から「鳴門第九」の出演者を募集していたが、六月四日（日）徳島県鳴門市文化会館のステージに上がったのは、村津事務局長、宮本先生を含む十名であった。サポーター六名も加わって、今までにない大勢の鳴門行きとなった。それはおそらく指揮が小林研一郎氏でオーケストラが読売交響楽団ということも一因だろうが、四〇一名もステージを埋めたのは壮観であった。

センセもアルトのポジションの一つを占めていた。前後左右は地元の人ではなく、他県の方々のようで、待ち時間はそれぞれの情報交換に忙しかった。レセプションというか交流会というか、海を眺め名産のちくわをかじりながらそれぞれの団の紹介をしたり、小林研一郎氏が海風に飛ばされそうになりながら、

「ありがとう」

と言われたことがセンセにはとても印象的であったという。

仕事の関係でその日に帰られた方もいたが、センセは翌日の観光に残った。いつも指導者の方に、

「観光が目的ではありません」

と釘を刺されるのだが、センセは観光もまたその地域を知る勉強だからといって、いそいそとそれに参加するのが常である。

翌日の五日は月曜日で、大塚国際美術館は通常は休館日なのだが、「鳴門第九」に集まった各地の合唱団のためにわざわざ開館の運びとなった。また市の好意によってマイクロバスを提供して頂き、美術館はもとより有名な渦潮まで見に行くことが出来た。サポー

ター組はゲネプロの間、徳島の阿波踊りの実演を見ることが出来たと喜んでいた。

二 宮本先生の「スペシャル講義」

今年の練習の特徴は宮本先生のスペシャル講義が十三時から始まることである。十五分間であるけれど先生の教材の素晴らしさに会員たちはこぞって出席した。六月二十五日は佐藤眞作曲の「大地讃頌」の紹介から始まり、いかにオーケストラと合唱が融合され、更に発展的な調和への世界を醸し出すかを、それぞれの耳を以て確かめるということ。特に印象的なのは打楽器の重要さを知るというスペシャル講義、演奏はＮＨＫ交響楽団、指揮は岩城宏之で、先生の秘蔵のレコードが会員に公開されたのである。

そのことは八月十九日の合宿の際にも先生手作りの「歓喜の歌のドイツ語歌詞で間違えやすい発音一覧表」によって「Zauber」の発音の練習をしている。二十日にはＣＤによって「違いの発見」を示され音楽鑑賞の在り方についても真摯な姿勢の必要性を示唆し、更にはビデオによって生理学的にも横隔膜の動きが発声にいかにかかわるかを示したりして立体的な指導の展開となっている。

九月二十四日には、一九九九年のチェコの民主化十周年記念の演奏会リハーサルから収録されたビデオを使用している。それはアシュケナージ指揮によるチェコフィルハーモニーとキューン混声合唱団とプラハ室内合唱団の演奏する「第九」の演奏で、そこでのアシュケナージの言葉が印象的であった。

「言葉で近づいて表現すると音楽の本質を奪うこともある。黙って耳を傾ける。そうすれば自ずからあなたの内にある心に語りかけるだろう」

もう一つは、エッフェル塔を背景に「オーケストラ・ド・パリとボストン交響楽団」を小澤征爾が指揮する「第九」であった。ソリストの口の開け方の素晴らしさはもとよりシンバルの豪快さに驚き、エッフェル塔そのものの光の演出にも感動することしばしであった。

十一月三日に使用されたビデオは、一九八九年ベルリンの壁の崩壊によって東西ドイツが統一されたその年の十二月二十五日、それを記念してベルリンで開催されたクリスマスコンサートの「第九」であった。テーマは言うまでもなくFreude（歓喜）とFreiheit（自由）。「自由への讃歌」としてレナード・バーンスタインが指揮するオーケストラは、ドイツの西を代表してバイエルン交響楽団、東を代表してドレスデン国立交響楽団それにロンドン交響楽団、ニューヨークフィルハーモニック、レニングラード・キーロフ劇場管弦楽団、パリ管弦楽団。合唱団にはドイツの西はバイエルン放送合唱団、ベルリン放送合唱団。東はドレスデン児童合唱団。ソリストは米国がソプラノ、英国がアルト、東ドイツはテノール、西ドイツはバリトンのパートを受け持つという編成である。まさに世界は皆Brüder（同胞）の意味が力強く心に刻み込まれるものである。

十一月十二日のスペシャル講義にもビデオが登場。それはベートーヴェン「第九」の日本演奏発祥の地「鳴門」で、当時そのままにオーケストラの楽員や合唱団の団員及びソリストに至るまですべて男性によるセーラー服や作業衣の扮装をした演奏で、一九一八年（大正八年）当時を偲ぶに十分な映像であった。そして宮本先生は次の言葉を会員に贈っている。

『ベートーヴェンが外なる世界へ語りかけた壮大なる第九交響曲。同じ頃作られた内なるものへの探求が荘厳ミサ曲。その巻頭に「願わくば心から心へ伝わらんことを」のメッセージが添えられています。この内なるものは、壮大な第九と共にベートーヴェンの魂の叫びでもあります。どうかお一人お一人の祈りを込めて、語彙を深く理解した「心から蘇る二〇〇〇年の第九」となりますように!!

Brüder! überm Sternenzelt muß ein lieber Vater wohnen.

自ずと荘厳な世界が開けてくると信じます』

二〇〇〇年記念「延岡第九」の、メドフォード公演が八月二十四日に開かれている。その様子を事務局長が述べておられる。

『米国マサチューセッツ州メドフォード市は人口五万人の静かな町で、大西洋岸のボストン市からバスで約三十分、延岡市の姉妹都市となって二十年になります。十周年の時に、次の二十周年には、交響楽団・合唱ともに延岡市民手作りの「第九」で、メドフォード市での式典に花を添えようと企画、それが実を結んで今回の記念公演となったものです。「日豊第九連合」の絆で、大分から私とテノールのN、F両団員、サポーターでF夫人とアルトのSさん、中津第九からはバスのA、S両団員が参加しました。

メドフォード市では市民のみなさんが、バグパイプの演奏やフォークダンスで歓迎、広い米国の中でも珍しい二百六十年前の独立戦争当時の面影を色濃く残すこの地方の特色溢れる雰囲気を満喫しました。ただウェルカムパーティーとフェアウェルパーティーの乾杯の飲料が〝ミネラルウォーター〟だったのにはちょっと驚きました』

三　指揮者に現田茂夫氏登場

「大分第九」ではこの年の指揮者が現田茂夫氏になった。ソプラノ歌手佐藤しのぶさんの夫君でもある。

一回目の指導は十月八日で、グランシアタのリハーサル室に白いポロシャツでさっそうと現れたのが印象深い。その時の指導内容を具体的に列挙すると以下の通りである。

①　語尾の子音は拍の中で発音
②　語尾のNは口を開けたまま
③　Derをディルとは言わない
④　Frは拍の直前で発音する

二回目の現田氏は上・下とも黒色で統一し、よりスマートで指導も短時間に手際よくされ、全員にますますやる気を起こさせたようだった。しかし宮本先生は更に十か所留意点があると言われ、各自練習するようにとのことだった。音楽、芸術に終わりはないということをセンセはつくづく思ったそうである。

現田茂夫氏は東京音楽大学指揮科を卒業後、東京芸術大学指揮科で佐藤功太郎、遠藤雅古両氏に師事、一九八五年安宅賞を受賞。一九九〇年ウィーン国立歌劇場に国費留学。現在は神奈川フィルハーモニー管弦楽団名誉指揮者である。

四 「第九」のふるさと（リューネブルク）公演に参加

二〇〇一年ともなると、センセも「第九」とのかかわりが十三年。まだまだ不足なところがあるのに、本人は大真面目に海外遠征を考えているようだった。

ボクはこれには反対である。というのは留守を引き受けても、ボク自身がそう若くはないから、規則正しい散歩や食事が不規則になるのは堪えられないからだ。犬は寒さに強いようにいわれているが、それは北極圏に住むハスキー犬やエスキモー犬や樺太犬などのことで、ボクも毛深いから少しは寒さには強いと思っているが、少しでも人間の生活に触れると、つまり家の中に入れてもらったりすると、その方がずっと快適である。センセがいない時はそれが出来ないから、二月の寒い時期にじっと小屋で我慢する羽目になるのだ。

しかし彼女の海外行きは進行していた。何でも「鳴門第九」が里帰り公演をドイツのリューネブルク市で行うというのである。初めて耳にするリューネブルクとはどんなところなのか早速調べたら「塩で栄えた街」ということだった。この街の人たちが第一次大戦時に鳴門の坂東俘虜収容所で生活をしていて、そこで日本で初めての「第九」を演奏したというのである。今は当時の方たちの孫か、ひ孫の時代になっているのだが、「鳴門第九」の公演を快く歓迎してくれてこのイベントが成立したというわけだ。

アルトパートはすでに締切であったが、サポーターとして参加することになったセンセはボクに毎日のように耳元で、

「お留守番頼みますよ」

と言う。ボクはくすぐったいけれど、

「よし、任せて」

と言わんばかりに彼女の手を舐める。そうして出発日が来たが、センセは珍しく風邪を引いて声は出ないし咳は出るしの大変な状況であった。それでも荷物を送り出したり薬局に風邪薬を買いに走ったりしていた。

「大分第九」からは村津事務局長夫妻とソプラノのTさん、Iさん、そしてセンセと計五人の参加だった。

関空集合が十時なので京都ホテルに一泊。一晩中、咳でルームメイトが迷惑を蒙ったの

ではないか心配だったが、センセは旅行中にケロッと良くなっていた。ホテルの豪華ディナーが妙薬であったに違いない。

センセの所属するBコースは県内から十七名、県外から十二名の計二十九名で、公演の後プラハとウィーンが観光コースに入っていた。プラハもウィーンもつい二年前に行っているのであるが、プラハのカレル橋でカメラが故障して写真が撮れなかったのと、おもちゃ博物館を見損なったことが唯一の選んだ理由だった。単独行動は悪いと分かってはいたが、彼女は一行が黄金の小路を見学している間に急いで博物館に行った。ゆっくりは出来ないから絵ハガキを買いウィンドー一杯に並ぶ人形をカメラに収めた。

リューネブルクでの二日間はスケジュールが詰まってはいたが、サポーター組は十時にバスでツェレに向かった。センセはその時の印象を次のように書いている。(「鳴門第九」里帰り公演文集より)

◆

甦る中世の街ツェレ

「鳴門第九の里帰り公演」にサポーターとして参加した私は、二月八日(二〇〇一年)朝早くリューネブルクの宿セミナリオ（研修施設）を後にツェレに向かった。

北ドイツの平原を南へバスが走る。白樺や樫の林がところどころに林立する以外は緩やかな平原が続く、概ね麦や甜菜が栽培されているそうだがブドウ畑も点在していた。

遠くに見える林はこじんまりとしていて、その中に教会の塔が見えたりしてドイツらしい雰囲気が醸し出されていた。

バスがツェレの街に入って城の前で止まった。ガイドさん（日本人）の説明で、ツェレが中世の城や街並みをそのまま再現しているとのこと。早速、城の見学となった。現地の案内役が一生懸命に説明されるがドイツ語なので、よく分からない。それをガイドさんが手助けしてくれた。

城は十四世紀から十八世紀まで、ブルンスヴィクとリューネブルク公の居城だったとのこと。現在では、ホールが演奏会場として使われていて、アーティストの写真が掲げられていた。厨房も当時のまま保存されていて、パン焼きやオーブン料理が作られていたことを物語っていた。礼拝堂（教会）の祭壇も美しく彫刻や絵で壁面が飾られていた。

その城を出ると十六世紀から十七世紀の建造物が復元されて、その街並みの中に、博物館、市庁舎、郵便局等が商店とうまく融合して中世を感じさせるに十分であった。往来を歩く人は、私たち十人の日本人の他はほとんどがドイツ人のようであった。

昼食はガイドさんの案内で「ケーニヒスクローネ」レストランに入った。ここでは焼き鳥のようなのがメインディッシュだったが、それは狂牛病を敬遠してのレストランの計らいだとか。それでも、ビールやワインで美味しく頂いた。

もっと散策したかったが、ガイドさんが「ぜひ見て帰って欲しい」と言って、わざわざユルツェンに立ち寄った。

そこは「フンデルトヴァッサーバーンホーフ＝世界で一番美しい鉄道駅」であった。古い駅を壊して新しい駅に建て替えたというのではなく、建築家と市民たちが共々にその手で古い駅の煉瓦やコンクリートの壁を残しつつ、あるところには破片を埋め込んで建てられた駅として二〇〇〇年の博覧会（ハンブルク）で披露されたばかりのものであった。

超モダンというか外形はモスクに似ていて、柱の一つ一つの形状、色彩が違い、地球儀を半分にしたような箇所、ソーラー部分を除いた屋根はすべて黄金色で、壁はレンガ色を施し、一階の屋根には木々が植えられていた。駅というイメージとは全く異なる建物がまさしく立体的な絵画を見るかのように建っていた。デザインした作者は完成を待たずして他界したが、ユルツェンの市民はもとより世界の人々がこの駅を二十一世紀の誇りとするであろうとガイドさんは熱を込めて説明された。

北ドイツの夕暮れは早くて影が長くなる頃、ハンブルク行きの快速列車が白い水が流れるようにプラットホームを過ぎていった。

◆

書き出すと止まらないのがセンセの癖。リューネブルク紀行はともかくも二〇〇一年にはまたしても一大イベントが待ち受けていたのである。つまり「第三十七回大分県立芸術文化短期大学創立四十周年記念合同定期演奏会」が十月八日（月・祝）グランシアタで開かれるので、それへの出演要請として「大分第九」の男性団員八十名に白羽の矢が立ったのである。そのための練習日程も決まり、男性団員は各自日程を調整しベストコンディションで出演されるよう事務局長からの助言も加わって、開催日を待つばかりとなった。

五　スペシャル講義点描

宮本先生のスペシャル講義はいよいよ核心をついていき、五月二十日にはＮＨＫ製作の「心の旅」を上映し、ベートーヴェンの生涯についての概略を説明した。旅人は映画監督の篠田正浩さんで、美しいドイツやオーストリアの風景と音楽をバックに歴史的、社会的背景と共にまとめたものであった。

一七七〇年ケルンの郊外ボンで生まれたベートーヴェンは、七歳の時ブリュール離宮でデビューし、十五歳ではブリュール宮殿で演奏、後に貴族の後援を得てウィーンで作曲活動に入る。しかし十七歳で愛する母を亡くし、その衝撃から彼はボン大学で哲学を学ぶのである。

その頃のヨーロッパでは啓蒙思想の台頭と共に、イギリスの名誉革命やフランス革命が起こり、旧体制への反動が民衆を蜂起させるエネルギーが湧き出ていたのである。まさに「疾風と怒濤＝Sturm und Drang」時代を生み出したのである。この頃、詩人のシラーやゲーテとの交流もあって、特にシラーの詩「歓喜に寄す」はベートーヴェン自身の人類愛と幸福感と一致して、第九交響曲の合唱部を生み出す源泉となったと考えられる。

更に先生は、ご自身秘蔵のベートーヴェンのデスマスクと遺書のコピーを手にされてビデオの解説を続けた。ベートーヴェンがウィーンでピアニストとしてデビューしたのが三十一歳、その時彼は第一交響曲を作曲している。そして、「貴族のためではなく民衆のために音楽を作る」として創作活動が始まるのであるが病魔に侵され、ハイリゲンシュタットで一八〇二年、弟へ遺書をしたためるのである。ビデオの音楽を支えているのはベルリンフィルをクラウディオ・アバドが指揮している最後の交響曲「第九」であった。

「ハイリゲンシュタット」、センセは三度目の正直と言おうか、二〇〇一年の「鳴門第九の里帰り公演」に参加することによって、やっとこの地を訪れることが出来たのである。前の時はウィーンの森まで行ったが、時間の都合でハイリゲンシュタットには寄らなかった。そのハイリゲンシュタットについては『ベートーヴェンの音楽散歩』（稲生永著）に詳細に写真入りで書かれているのでセンセの及ぶところではないが、彼女が嬉しかったのはその本に掲載されている写真と全く同じ場所、同じアングルでシャッターを切っていることであった。意識して撮った訳でもないのに偶然とは恐ろしいものである。今は俗にこの建物をベートーヴェンハウスといっているが、本来はハイリゲンシュタットの聖ヤコブ教会堂の前の広場プファールプラッツ二番地の酒場で、彼は一八一七年の夏、この建物の二階角部屋に滞在して、交響曲「田園」の作曲に従事していたという説がある。センセは単なる説ではなく事実ではないかとさえ思うという。その理由は、今も「ベートーヴェンの散歩道」と名付けられた散歩道が、シュライバーバッハという小川沿いにあるからである。観光用に人の手が入っていても、ベートーヴェンの感性を揺さぶったのは、やはり素晴らしい自然環境がそこにあったからと彼女は強く感じたのである。

しかしである。ベートーヴェンの耳は一八〇一年三十歳の時にすでに病にかかっていて、翌年には不治の病だとされているのだから、小鳥のさえずりや、木の葉のさざめき、小川のせせらぎの音をキャッチできたのだろうか。いや目と感性で感じとったに違いない。ともあれ、ベートーヴェンの存在したその位置に立っているということに、彼女は感動したのである。

宮本先生のスペシャル講義はいよいよベートーヴェンの核心をつくようになってきた。配布された三枚のプリントの一枚は原詩と発音・語訳で、それをさらに詳細に読めるように編修したものが二枚目、最後は An dir Freude（ヨハン・クリストフ・フリードリヒ・フォン・シラー原詩）と歓喜の歌の訳詩（編集部訳）の独文・和文であった。それを読むことによってベートーヴェンの心を知ることが出来るのではないか。ベートーヴェン自身がシラーの詩を三十数年の間、胸に温めながら、最後に交響曲に合唱として入れることに思い至った。それが第九交響曲を完成ならしめたのだとしたら、まさしく真剣にシラーの詩を読むべきだろうと、センセは憚らず声を出して読み始めた。

更に八月十八日の恒例となった合宿では、頌歌「歓喜に寄す」An dir Freude（F・シラー）の日本語訳（武川寛海）のプリントが配られ、詞の内容を納得のゆくまで理解するよう示唆された。ベートーヴェン自身が「第九」の完成までには百以上の作曲をしたが普遍的なものにはならなかったという。しかし「第九交響曲」は第四楽章でシラーの詩を合唱にすることによって、永遠に世界の同胞に歌い継がれることになった。まさに〝人生は短し、芸術は長し〟である。

手を替え品を替え、宮本先生は再びビデオを使用。一九八八年大阪城のこけら落としで行われた山本直純指揮による「第九」の一万人の大合唱場面である。これは音楽性よりもイベント性の強いものであった。それから一九九九年二回目のウィーン公演時に収録したウィーン市街の情景。そこにはシュテファン寺院をはじめ国立オペラ劇場、楽友協会、ホーフブルク宮殿、旧市庁舎や中央墓地（ベートーヴェンをはじめ有名な音楽家が眠っている）などがあり、そして最も新しく強くセンセの胸躍らせたのがハイリゲンシュタット。「筆舌に尽くしがたい」という表現があるが、映像表現はまさしく何にも増して強烈なインパクトを与えるものである。

感動とは何か、芸術とは何か。相田みつを著『一生感動、一生青春』からのプリントを十月二十八日の講義に使われた宮本先生は、ご自身のベートーヴェンの「第九」との出合いから、彼の写真を手にして、いつでもどこでもベートーヴェンに励まされて一生懸命音楽の道を歩んだことを、カラヤン指揮の「第九」の演奏をバックに話された。かつてアポロ号の船長（アームストロング）が、遥かな遠い夜空から小さな青い地球が月面の向こうに上る情景を見た感動を、同じように持ちえたら最高ではないのかと。

十一月十八日の講義には、遂に小澤征爾が登場、先生は小澤征爾の大ファンで交響曲の合唱の部には進んで出演し、小澤征爾と写真に納まっているのを色紙と共に披露して会員をうならせたりした。世界の小澤といわれる彼は、青年時代から秀でた鋭い音楽性を持っていたのはもとより西欧音楽と東洋音楽の融合性をすでに考えていたこと。その音楽への情熱と生き様は、彼の凄まじい練習風景に見ることが出来るのである。マーラー作曲交響曲第二番「復活」のフィナーレのビデオであるが「目は食い入るように吊り上り、髪の毛は逆立ちして」その姿は正に音楽の鬼神。「一生懸命」そのものであることの感動を新たにしたのである。

本番が近付いてくると、スペシャル講義も熱が入ってくる。「交響曲九番」というと、ベートーヴェンのみでなく、ドボルザーク、シューベルト、マーラーがそれぞれ究極の作曲というジンクスがあり、これこそ人類の永遠の文化遺産と考えられる。ベートーヴェンの「第九」については、プロ、アマともそれぞれの挑戦があり、この会でも新人やキャリア組の別なく、ただひたすらに壮大な宇宙に向かって人間の魂の叫びを響かせる、それがベートーヴェンの世界に近づく道ではないか。

遂に十二月二日に使用されたビデオは、黛敏郎解説による小林研一郎指揮の「第九」の演奏場面とその分析であった。第一楽章の苦悩、情熱、歓喜の表現、第二楽章の試行錯誤、第三楽章では美しい旋律の中に第一、第二楽章で示されたもののように思われる隠し味ともいうべきものがある。そして終曲の第四楽章で人の言葉と音で宇宙へ、そして自分へ「歓喜」を表現する。いや、呼び戻すのである。

こうして第二十五回「大分第九の夕べ」は十二月九日、昨年同様、若々しい現田茂夫氏を指揮者に迎え九州交響楽団と共に、オアシス二十一グランシアタで開演することになった。国民文化祭から数えるとすでに今年四回目のステージである。楽屋になっているリハーサル室からステージまでの距離はかなりあるのでセンセは歩きやすい靴を用いて、ロングスカートは履き慣れないので両端をぐっと持ちあげる。階段を三階まで上るからこれもかなりの労働に違いないが彼女は年の割には軽やかに上る。これはまさしくボクの散歩のお蔭だと苦笑しているのだが彼女には分かっているだろうか。ボクは今夜も帰りは遅くなることを予想して毛布にうずくまるのである。

別府の冬の空は山の手の星の輝きを見ることが出来るが、海の方は市街の灯や対岸のコンビナートの照明灯で、余程高く見上げなければ星を見ることが出来ない。ボクも若い時は珍しくて何でも見まわしていたが、今は何もかも億劫になってきて、ただただセンセの帰りを待つばかりの老犬になってしまっていた。

第7章

密度の高い「第九」へ

一　北村宏通先生逝く

二〇〇二年を迎えると、悲しい知らせが団員の胸をつまらせた。副会長北村宏通先生のご逝去である。

先生は一九七七年「大分第九」の草創期からドイツ語の発音指導、アルトやバスのパートの指導をされ、更にはソリストとしてバリトンを十二回も歌われている。第一回のウィーン公演にもご夫妻で参加されて、センセはパリでのフリータイムを先生や友人と行動を共にしたので、より印象に深いのである。また先生はご自身でもプライベートのレッスンによって研鑽を積まれ、ドイツ歌曲のコンサートを開かれていた。シューベルトの「冬の旅」のコンサートはついこの間のように思われる。

先生のお別れの会（葬儀）は、「第九」の会員はもとより教え子、友人、知人多数が会場を埋め、静粛に敬虔な祈りの中で行われた。なかでも先生の年若いご長男の父へ贈る言葉は参列者の涙を誘った。

また村津事務局長の「先生、聞こえますか？　ピアニッシモ」の故人への呼びかけは、会場に全く音のない静寂をもたらし、団員の斉唱した「菩提樹」は故人北村先生の永遠の旅路の道しるべとなった。
バス団員・S氏も次のような弔句を献呈した。

悲しみは低く響きて冬の旅
旅立ちを急がるる如く早春賦
しおおせて永き休符の冬の旅
如月の道遠ければ白い花
ピアニッシモにその声を聴く二月かな

二　「スペシャル講義」は続く

四月になると「第二十六回第九の夕べ」（十二月十五日）に向かっての新たなスタートが切られる。今年の指揮者は高関健氏で、ソリストは馴染みの三縄みどりさん（ソプラノ）、小川明子さん（アルト）、持木弘氏（テノール）、勝部太氏（バリトン）と決まった。

最も変わったのは開演時間である。十七時となったので、すべてが一時間前倒しの準備となった。

一九九九年から始まった宮本先生のスペシャル講義も内容が広く深くなって、四月の教示ビデオは羽田健太郎氏の「オーケストラと合唱」の説明で四つのパターンを示すものであった。①はメロディーと和音をアルト・テノール・バスの各パートで示し、②はメロディーに飾りを加えた演奏、③ではフーガをバスから始めて最後にすべてのパートが歌う（これは第九の二重フーガにある）、そして④は各パートがそれぞれ別々のメロディーで歌う（第九では最後の締めくくりとなる）。こうしてオーケストラと合唱は一体化するのである。

またオーケストラの楽器について、「青少年のための管弦楽入門」（山本直純指揮、N響定期演奏、一九八九年）のビデオを利用し、①木管楽器（フルート、ピッコロ、リコーダ等）、②金管楽器（オーボエ、ファゴット、クラリネット、トランペット、トロンボーン、チューバ、サクソフォン、ホルン等）、③弦楽器（ギター、バイオリン、ビオラ、チェロ、ハープ、コントラバス等）、④打楽器（ドラム、ティンパニー、トライアングル、シンバル等）、その他ピアノ、チェンバロが加わる。それらの楽器の持ち味を、指揮者が演奏曲目に従い、作曲者の意図や考えを己の解釈によって、それぞれの楽器を駆使してより良い曲想に仕上げる。つまりオーケストラはそれぞれの楽器が、低音、高音、響き、そしてハーモニーを創造する重要な役割を持つのである。

また楽器のそれぞれの特性についての説明もされた。木管楽器の一つフルート（横笛、材質は金属でも木管楽器）から始まり、三本のフルートによるバリエーション、次いでオーボエとクラリネットのそれぞれの音色について、特にオーボエはチューニングに使われる。ファゴットはその独特な低音の音色から男声合唱にマッチしていること等、楽器と音声との関連についてのこと。弦楽器については、第一バイオリンから第二バイオリン、ビオラ、チェロとそれぞれの音の持つ特性を曲によって示し、男声・女声の音色との関連性など。そして小林研一郎氏の「第九」の合唱で、ソプラノ、アルト、テノール、バスがそれぞれの音色を維持しながら一つの音に生まれ変わるということを団員自身が体験していること等々。

意義深いスペシャル講義の終止符を打ったかのように、その後宮本先生は体調を崩されて次は休講となった。

三　ワールドカップに大分が湧く

この年はサッカーファンを中心に、日本中の人々が湧き上がったワールドカップが、日本・韓国共同で行われた。

大分県もそれに合わせたかのように、大分市の郊外に愛称「ビッグアイ」と呼ばれる、巨大な目玉を思わせるような開閉式の天井を持つスタジアム、大分スポーツ公園総合競技場が二〇〇一年に誕生し、ワールドカップの開催を待った。

六月十日はベルギーとチュニジア、六月十三日はイタリアとメキシコと、ファーストラウンドの試合が決まっていた。そして六月十六日はセカンドラウンドのスウェーデンとベルギーの対戦であった。

一大イベントにあたっての準備やその実施には、資金もさることながら人手を必要とする。ボランティアには二、三〇〇人もの応募があったという。最も活躍を要求されるのは通訳で、会場をはじめ別府駅にも通訳兼ガイドの方々が期間中常駐していた。それでも不足気味らしくセンセも地獄巡りの案内をしてあげたという。驚いたことに相手はかなりの知識を持っていて彼女の方がたじたじであったとか。

それよりもこの一大イベントで日本中、いや世界中を沸かせたのは、カメルーン国の選手たちが練習に使った中津江村ではなかっただろうか。

それにしても、カメルーンという国が地球上のどのあたりに位置しているのか、正確に把握している人がどれくらいいるか疑問である。ボクはセンセのお蔭でアフリカ大陸の西部の赤道の近くに位置することは知っていた。象牙海岸や黄金海岸や奴隷海岸などと同じあたりと思っていたが、そうではなくて、山岳地の多いところで元フランスの植民地であった。したがって彼らはフランス語を話すだろうと、中津江村ではまずはフランス語の会話に取り組んだり料理を研究したりして、村長を先頭に村民が総力を挙げて歓迎の準備に当たった。

ところがである。待てど暮らせど待ち人来たらず。十九日午前福岡に到着予定が二十一日になっても選手の姿はなく、やっとフランスを出発との情報を得たものの二転三転するために、村民たちはただひたすらに夜を徹して待ち続けたのである。

しかしその誠意に感激したカメルーンの人々とは、今でも交流を深めているという。

十月二十日には第二十二回国際車椅子マラソンが開催されている。前にも述べたが、大分県別府市には「太陽の家」という、身体障害者が働くことで自立の道を目指す社会福祉法人の施設があって、そこの方たちも参加された。団員の中にはボランティアで加勢に行かれる方もあってか、練習はいつもより参加者が少なかった。また宮本先生の代わりに楠本先生が合唱指導をされたことを「第九通信」は記録している。

四 高関健氏を指揮者に迎える

高関氏は、幼少よりピアノとバイオリンを学び、桐朋学園高校、同大学と進み、指揮を、斉藤秀雄、秋山和慶、小澤征爾、各氏に師事。一九七七年カラヤン指揮者コンクールジャパンで優勝。翌年、ベルリン・フィルオーケストラ・アカデミーに聴講生として留学。一九八三年第七回ニコライ・マルコ記念国際指揮者コンクールで第二位入賞。一九八四年ウィーンでハンス・スワロフスキー国際指揮者コンクールで優勝した。現在、東京シティ・フィルハーモニック管弦楽団常任指揮者をされている。

十一月十七日に本番指揮者の高関氏の指示と留意点は、器楽をされた方だけに実に細かいところにあった。つまり指定された楽譜のなかで、

① 十八頁のスタッカートの歌い方

② 二十二頁の符点四分音符と四分音符の比較
③ Mの部分、強弱の位置の確認（山をどこに持っていくか）
④ 三十四頁は Ihr, stürzt は r で止める
⑤ ダブルフーガはターンタンターンターンタンのリズムが出てくる。パートを生かす
⑥ Rのリズム
⑦ 三十五頁は上段で歌いきって下段はその余韻というつもり、周囲の音をよく聞く。
最後の Brüder という言葉を大事に
ということであった。

本番を目前にして宮本先生は、

「終曲の第四楽章では人の言葉を音で宇宙へ、そして自分へ（歓喜）を表現するということ。五十二頁の Alle Menschen は、お話しする感覚で歌うと良い」

と言われた。

本当にそういうことが出来るだろうか？　センセは三十五頁の難関をクリアしていないので心配この上もない。それでも十二月十五日は迫ってくる。

五 ボクの失敗

ボクは老犬になっていて、十二月となれば寒さが身に染みるようになっていた。センセが留守だと分かると鼻を「クーン」と鳴らす。すると彼女の老姉（芳子姉）が勝手口のドアを開けてくれる。ボクはその時を逃さぬとばかりに、身も軽くスルーッと部屋に上がりこむ。

リードを外してもらって居間に直行。ボクの方が先に芳子姉の座の横に陣取る。そうして日がな一日センセの帰りを待つのであるが、芳子姉が横になるとボクも横になって背中を撫でてもらう。というように何となくお互いが癒される時間を過ごすのである。

そしてそれがいつの間にか一人と一匹、老女と老犬の暗黙の秘密になっていた。というのは、センセが厳しくボクが家に上がるのを禁じていたからである。理由はボクの身体が大きいので、ひょっとしたら芳子姉の手に余るのではないかということと、ボクにはれっきとした飼主がいるということであるらしかったが、ボクとしては芳子姉と一緒にいることは至上の喜びであったのである。

十二月十五日、「第九の夕べ」の本番を終え、ルンルン気分のセンセが思いの外早く帰ってきたのである。ボクもだけれど、芳子姉も慌てて勝手口のドアを開ける。ボクは急いでスルーッと外へ出た。

その時、ドンと音がしたような気がするが、それは芳子姉が尻餅をついた音だった。我慢強い芳子姉は「腰が痛い」と言いながらも時を過ごしていたが、とうとう立てなくなってしまった。

これは大変ということでY病院に担ぎ込まれた。レントゲンを撮る時に黒アザを見つけ尻餅が判明したのである。正確な診断は「圧迫骨折」ということで即入院ということになった。ボクがもう少しモタモタしていたら、ゆっくり行動できて大事に至らなかったろうに。しかしセンセはボクを責めることなく、怒っている暇もなく十二月十八日に別府のビーコンフィルハーモニアホールで開催される「メサイア」演奏に出かけて行った。

第8章

終わりのない「第九」

一　「別府第九」に参加

二〇〇三年の「大分第九」参加のお誘いのチラシは両面印刷した賑やかなものである。①は第二十七回大分第九の夕べ、②は第三回「大分第九」・「日豊第九」ウィーン公演、③は別府市民交響楽団創立十周年記念「第九」演奏。①、③は年内であるが、②は翌年のことである。早めに募集をすることによって、団員の予定と心構えが確定されることになる。

行事で一番早いのは③の別府での「第九」である。別府市民交響楽団とは初めての出合いである。センセは、別府市民であるので早速申し込みをした。期日は六月二十九日と準備期間が短いので、参加申し込みに条件が付いた。つまり昨年末の「第二十六回大分第九の夕べ」の出演者に限るということ。またアルトは一一〇名という人数制限もあった。

通称「別府第九」のための練習が五月十一日から始まった。また「大分第九」と同じようにリハーサルや本番のスケジュールが決まった。

一度十五周年記念でビーコンを使ったといっても、コンベンションホールとフィルハーモニアホールとは使い勝手が違う。特に控室（楽屋）については未知といっても良いし、コンベンションホールを幾度となく使っていても「?」と思うこともしばしばあった。

それでも六月二十九日の本番は間違いなくやってきた。別府市民交響楽団八十名と一六〇名の合唱団がステージを埋め、ビーコンフィルハーモニアホールがこけら落とし以来の最多聴衆で四階まで満席となって、楠本隆一氏の指揮で「第九」の演奏が始められた。

楽曲は最後まで聴いてから拍手をするのが普通であるが、「第九」の場合、第一楽章で拍手がくることがある。「第九」を初めて聴かれた方が感極まって拍手されたのか、とにかくそういう時笑ったりしてはいけないとセンセは言うのだが、ボクもそう思う。

……なんて、ボクがいつの間にかそんな偉そうなことを考えるようになったのは、やはりセンセの影響ではないか。ボクが盲導犬や介助犬の資格を持っていたら同行出来るかな、いや出来ないのは決まっているのに、何だか音楽会の雰囲気を味わってみたい気持ちで一杯であった。

二　平和はいずこ

「別府第九」に出演した団員たちも、ホッと一息つく間もなく恒例の合宿で心身共に鍛えられることになる。スペシャル講義ではないが、宮本先生は、原爆記念日（広島は八月六日、長崎は八月九日）、その日に少年によって朗読された「詩」の一部を披露した。

私をかえせ、人間をかえせ、
平和をかえせ、
この世の続く限り、
人間の人間の世のある限り、
私自身をかえせ。

それはややもすれば忘れがちな平和の尊さを、人間の偉大さを再び胸に刻み込ませるに十分な「詩」であった。

二十一世紀になって本当に平和な時代が到来するのかと思いきや、二〇〇一年九月十一日、とんでもないことが起きた。ニューヨークとワシントンに同時多発テロが起き、多数の犠牲者を出したのである。

アメリカはすぐにアフガニスタンを攻撃した。そして二〇〇三年三月にイラク戦争となった。なぜか分からぬままに、何と日本からは自衛隊が後方支援といって派遣された。

二十世紀前半はまさに「戦争の世紀」の感であったが、一九四五年日本の敗北（無条件降伏)、一九四七年戦争放棄を主軸とした平和憲法の制定・施行によって一応地球上から戦争がなくなったかに見えたが、そうではなく、いつもどこかで戦争は起きていたのである。

何が原因であるのか当事者に聞くよりほかないが、ボクの推測からすると、みんな人間に違いないのだが、その人間は過去の歴史を持って、というより背負わされてこの世に生きている社会的動物である。まず親、兄弟、そして同一民族、その国家(民族国家の場合)があり、政治、経済はもとより伝統文化(主に生活)を共有している。より良く生きたい思いを誰にも邪魔されたくないし、まして支配などされたくない。二十世紀の前半までは先進国の植民地として支配されてきた国々は、そこからの脱却が第一であった。

しかし分からないのは、近年どの戦争にもアメリカが加わっていることである。身近にあった一九五〇年の朝鮮戦争でも、アメリカ軍が日本を補給庫として大量の兵器や兵隊たちを送り込んでいる。日本はそれによって戦後復興が可能だったという説もあるが、間違ってはいないとも考えられる。

センセがよく「マーチャント・オブ・デス」と言っているが、ボクは何か新しい菓子の名前かと思って耳をすませていたら全く違った意味のもので、何と「死の商人」とでも訳するらしい。

戦争は無傷で済むものではない。必ず心身ともに傷つくものである。しかし非生産的なものを大量に作って消費すれば、それにたずさわっている人たちがお金儲け出来るというのでは、なかなか止める訳にはいかない。資本主義経済の公式とでもいうのだろうか。誰しもがわが資本を投資して利益を上げることを望むだろう。個人がどんなに消費しても限度がある。すると余剰のものは、更により利益の上がるものへの投資となる。

アメリカは一七七六年の建国以来、ただひたすら資本主義の原理に従って忠実に利益追求をしてきた。科学の進歩には莫大な資本がいる。あの忌まわしい原子爆弾も資本力のあるアメリカだからこそなしえたことで、他の国には出来なかった。宇宙開発もソ連が一番にソユーズ号を打ち上げたが、なかなか後が続かずアメリカが世界の科学者を巻き込んでの宇宙開発を続けている。

戦争ということにボクも興奮して色々と考えてみたが、どうしても分からないのは、なぜ日本から自衛隊が後方支援部隊とかいってブルーのしゃれたベレー帽を被って、中東(アフガン、イラク)地域に派遣されて行かねばならないのかということだ。日米安全保障条約のためか、日米首脳会談故なのか、とにかく釈然としないままにどこかで戦争が起こっている。犬のボクが理解したってしょうもないことなのかもしれないがセンセはどうなんだろう。

そんなやや落ち込んでいるボクを見てか、

「スマはえらい温和《おとな》しくなったね。それとこの頃は近道を覚えたね。歩くのがきつくなったのかね」

とか言いながら散歩の道のりを五〇〇メートルくらい短縮してくれた。しかし来年二〇〇四年のウィーン公演の話が頻繁に出てくると、ボクの胸は急に引き締められるように、つまり頭までしびれるように感じた。

というのは、ボクはここ数年、寒い冬の間に二回も留守番をしているのである。一九九九年のウィーン行き、二〇〇一年のリューネブルク行き、いずれも一月と二月で寒かった。殊に二〇〇一年のリューネブルクの時は、ボク自身が高齢化していたので寒さが身にしみた。

そういう時は散歩することによっていくらかでも気を紛らわせるのだが、なかなか散歩に連れて行ってもらえなくてじっと毛布に包まれるしかなかったので、何となくやるせない思いだった。ときどきセンセからかかる国際電話でチラッとボクの名を言っているのを聞くことはあっても、ボクの一声を届けることは出来なかったからだ。

三　別れの日

ボクはもう人間でいうと一〇〇歳近くなっている。足腰が弱くなるのは当たり前だが、なぜか普通に歩いていた。この日の朝はちょっと前足がしびれたような気がしたが、センセの、

「さ、行こうよ」

の声に誘われて歩きだしたら結構歩けるので、最近ご無沙汰している正規の散歩コースを歩いた。

その時ボクの脳裏に、十八年もの間のあれこれが浮かび、しかも色々な仲間の面影や臭いまで、時を待たずして迫ってきた。ボクはそれを出来るだけ逃すまいと思って道の左右に足を運んだ。

ふとボクより先に逝ったレオの面影を見たように思ったし、ボクの生みの親の犬としては上品なコリーの顔が瞼に映ったりした。

そうして家に戻るとセンセは例の儀式を一通りした後、パンの耳にミルクをたっぷりか

けてくれた。ボクはいつものようにミルクを先に飲んでしまってパンの耳にかかろうとする時センセが「スマ」と呼んだ。ボクはちょっと面倒だったが、よたよたしながらそこまで行くと彼女は、

「今日は遅くなるよ。これをあげるから留守番するのよ」

と言って酒まんじゅうを半分分けてくれた。

それが、ボクがセンセと交わした最後の挨拶だったのである。

◆

その日は十一月三十日でとても寒かったが、昼間は小春日和のような陽がボクを包んでいた。

ボクは本飼主の娘の、

「スマ、どうしたの」

という声を聞いたかどうか分からずに深い眠りに就いてしまった。

そしてボクは本飼主の山の家にある梨の下の住人になった。

しかしそれからボクの魂は、大好きなセンセのすぐ側にいて見守っているのだ。

その場所はセンセがいつも胸に付けている「ボクそっくり」のブローチだったり、ボクに似た顔が描かれているクッションやバッグ、テレビの近くに飾られたカードだったりする。

姿は見えなくなったけれど、その代わりに魂は自由にどこへでも移動できるようになったから、とにかくセンセと一緒にいられるようになった。まだボクが元気だった時、旅行の時にはいつも彼女が、

「スマをキューッと小さくして、トランクに入れていこうか」

なんて言っていたから、ボクはそれを実行したと自負している。彼女も、ボクのブロマイドを手帳にしっかりと貼り付けて持っているようにした。

二〇〇四年に入ると、正月早々からウィーン公演出場者の結団式と練習が始まった。総勢一六〇〇名だから、オアシス広場のリハーサル室は十三時三十分には一杯になった。

十六時からＪＴＢの旅行説明があって、同じビルにあるＪＴＢショップに不足の物の買い物に行ったりして、センセの心はウィーンに飛んでいた。

四 懐かしのウィーンへ

いよいよ二〇〇四年一月十一日、センセとボクのウィーンへの旅が始まるのである。

ここで特記しなければならないのは、センセは、わざわざ東京から姪の昤子をサポーターとして同伴させたのである。

お互いが老親や老姉を抱えているので、これまで旅を共にしたことはなかったのである。留守中に何が起こるか分からないけれど、その時は慌てず騒がず万全の対策を整えての旅立ちである。センセはまずホームヘルパーさんに朝、昼、晩の訪問をお願いし、友人、知人、お隣の方たちにも訪問をお願いした。姪は家族が健在なので老親を託すことにした。

関西空港で出会った時はお互いに、

「やったわね」

の妙な挨拶となった。

大分のJTBは二〇〇名もの大人数を扱うのは初めてらしかったが、それでもセンセの

Eグループは若く明るい添乗員Kさんで、最初から最後まで何のトラブルもなく楽しく過ごせたと言っている。

「あなたたちは『第九』を歌うのであって、観光が目的ではありません」

と、きつく戒められた宮本先生の言葉を忘れるはずはなかったが、それでも旅は楽しいものである。

Eグループのエクスカーションは中ドイツ、ロマンティックシュトラーセ（ロマンティック街道）がコースのメインで、ノイシュヴァンシュタイン城やハイデルベルク城にも行くのである。添乗員のKさんはいつの間にかその街々の案内図のコピーを用意していてくれて、案内のパンフレットより更に細かいところが分かった。本目的のウィーン楽友協会ゴールデンホールでの「第九」の公演は十三日なので、それまではウィーン観光やフリータイムが設けられていた。

十二日午前中は、まだ見ていなかった美術館、博物館めぐりを目的にホテルを出たが、新王宮を見学することになった。数日前に降った雪が建物の陰に残っていた。絶対主義時代のハプスブルク家の所蔵品が古今東西を問わずに集められていた。

なかでも目を引いたのは中国の陶磁器であった。どうやって手に入れたのだろうか。十五世紀の後半から大航海時代が始まっているとすれば、その後、中南米やアフリカ、東洋へも航路を広げていたに違いないし、陸路（つまりシルクロード）も利用したであろう。

新王宮を出て美術史博物館を見てまわった。センセはいつも見たいと思いながら通り過ごしていたところで、入っただけでも心浮き浮き。しかしやはり時間制限で、ゆっくり鑑賞は出来なかった。作者の名前は記憶にはないが、雪の中の村の人たちの生活の場面が印象に残った。やはりもう一度来なくてはなるまい、とセンセは思ったようだった。

正午に旧市庁舎のレストランに行って、そこで別のウィーン観光組と出会った。何か久しぶりに会った同窓会のような雰囲気の中で昼食を取り、再びそれぞれの目的に向かって別れた。ここで犬のボクが登場するのはおかしいが、ボクはセンセのブローチの中に入ってお供をずっとしているから、彼女の行動はもとより友人たちのそれが分かるのである。有形の物体で存在するよりも魂で遺っている方が、遥かに身近に感じることをボクはボクなりに感じていた。以前のようにボクはセンセの様子をずっと離れたところで寒さに耐えながらやきもきしながら待つより、この方が余程お互いの糧になるのではないかなどと、独りよがりな思いを巡らせていた。

センセの一行といっても、Iさんはウィーンの森へ行ったから、二回目のウィーンで一緒だったKさん、そして昤子と、三人での市街地散歩である。

シュテファン寺院を頂点に、ケルントナーシュトラーセを通ってオペラ座に向かうが、その前にペストの記念塔を見た。

確かペストは十二世紀から十三世紀にかけてヨーロッパの人々を震え上がらせ、人口が四分の一減少したというから、その大流行は全く恐ろしい出来事であった。原因は何であったのか、それは十字軍による東方貿易が活発化し、色々な人々の交流があり商業や都市の繁栄したところに、小動物を介して病原菌が人間に侵入したのではとの説もあるが、その小動物とはネズミではないかともいわれている。ある説によると猫を大事にする風習がヨーロッパに根強く残っているのは、病魔の元であるネズミを猫が獲ってくれるからだとか。猫派にとっては嬉しい説でもある。

その頃オーストリアは独立した国ではなく、神聖ローマ帝国の中の一つのブルク（城郭都市）であった。つまりまだ封建諸侯が政治権力を握っていたのである。

センセは感慨深そうに塔を眺めていたが、やがてケルントナーの大通りに出て、左右の商店などを見ながらホテル・ザッハに着いた。ここも一度は来てみたいと思っていたところである。昤子がつい昨年来ているので、名ガイドよろしく足取りも軽く中に入った。

そこで通りを散策していたMさんを誘い入れて、早速店自慢のメニューを注文。すると大きなザッハトルテに大量の生クリームが添えられて、コーヒーと共に運ばれてきた。とても一人では食べられないと彼女が言うと、昤子が、

「それじゃ、Ｉさんにお土産に」

と言ってペーパーに包み半分ずつ食べることにした。甘くてちょっと苦みのあるコー

ヒーとよくマッチして、とても美味しかった。

夜にはコンサートを聴きに行くので、とりあえずホテルに戻った。添乗員のKさんがシェーンブルン宮殿まで地下鉄で連れて行ってくれるというので、センセは大喜びで、誰よりも早く支度をしてロビーで待っていた。

ホテルのすぐ側に地下鉄の市立公園入口があって扉を開けて地下へ降りて行くと、そう大きくはないが少しばかりの商店があって、地下鉄の駅らしくなっていた。宮殿駅の地上に上がってみてもライトアップしてあるシェーンブルンは分かったが、どこに連れて行かれるのか、センセはKさんの後に従って行くと、そこはオランジェリーといって宮殿とは別棟にあった。ちょっとがっかりはしたものの一応演奏会場になっていて、センセたちの席もきちんと確保されていた。

しかし若い演奏者がステージの中央から出てきたり、時には客席から上がったりして、ちょっと期待外れであった。会場にはモーツァルトをはじめ音楽家に関するグッズが並べてある。明らかに観光客目当ての物のような気がして、センセは首を振っていた。

五　三回目のウィーン公演

いよいよ十三日、当日の詳細なスケジュール表が渡された。

朝は非常にゆっくりしていたが、昼食を済ますと楽友協会へステージ衣装を持っての出発である。

十三時から十四時まで小ホールでコーラスの練習、それには指揮者のシュルツ氏が直接当たられた。十四時から十七時までゲネプロ、トーンキュンストラー管弦楽団の団員がステージのそれぞれの位置につき、合唱団もお立ち表に従って席に着く。

一か月前に「大分第九」の本番ですでに歌ってきていても、やはり緊張するものである。でもセンセは本番に強い性格なのか淡々としていた。それはボクが一番分かるというものだ。なぜならボクは彼女の胸にぴったりくっついているのだから。

十八時からは夕食、着替え、この着替えでちょっと心配したことがあった。というのはロンドン経由の組の何名かのスーツケースが正規の時間に届かなかったのである。これはロンドン空港での積み替えのミスだろうが、そういうこともあるので必ずステージ衣装は手荷物にすることとし、また演奏一日前に余裕の日を設けるという事務局長の名案でもあった。

いよいよ演奏。その前に一大セレモニーがあった。それはこの演奏会のチケットの余剰金を自然愛護団体に寄付するということであった。外国は女性の進出が目覚ましいが、その団体の会長さんは女性で、演奏会の前の雰囲気が何か優しい感じを受けたのはセンセばかりではないだろうと思う。

シュルツ氏の指揮は練習やゲネプロとは違い、一段とプロらしい厳しさを持った指揮となって、ついつい声を出してしまったようである。ボクも彼女の体の動きをひしと感じていた。

万雷の拍手の中をようやくステージから降りて急ぎホテルへ。バスの中の団員の顔はそれぞれに紅潮していた。ホテルに着くやいなやステージ衣装を脱いで、少しおしゃれをしてレセプション会場へ。五年前とは違って立食パーティーで、思い思いの飲み物や料理を手にした。

センセは夕食の弁当をあまり食べていなかったせいか、少し品の悪い料理の取り方をしていたようである。ボクが生身だったら「だめ」とキツイ目をしてやるのにと思った。

食べる程に飲む程に、予め用意しておいた日本の歌「さくら」「ふるさと」、そして

「エーデルワイス」を歌った。指揮者、ソリスト、団員が交じり合ってのレセプションは夜が更けていくのを忘れるようだった。

しかしセンセは留守宅にちゃんと電話をかけた。夜中の十二時にウィーンから電話をかけると、八時間の時差で、日本にはちょうど朝の八時にかかることになる。

お互いに無事を確かめ合い、大概留守の時はボクの名前が挙がるのだが今回はなかった。それもその筈、ボクはちゃんとここにいるから、その必要はないのだけれど。

晗子の本日の快挙を伝えなければならない。

サポーターの彼女は、午後のフリータイムの時、土産物の調達に出かけた。ホテルザッハの近くにグランドホテルがあるのだが、その地下がスーパーマーケットになっていて、普通の店より少し安く買えるのである。彼女はよくもまあ重たいのにチョコレートだの、コーヒーだの、塩などを買い込んできていた。それとハムやソーセージなどもサンプル程度に仕入れてきた。もしもの時は捨ててもいいという覚悟であったらしい。

またまたボクが生身だったらお役に立てるのにと密かに思ったりしたが、そんな晗子のお蔭で、ウィーン土産を殊更に購入しなくてよく、センセはウィーンの最後の夜をゆっくり休んで、明日からのエクスカーションに備えることが出来たのであった。

六　エクスカーションは中央ドイツ

Eグループのバスはエンジ色の側面に花の絵が描かれた、どこからでも目立つ車体だった。

一仕事を終えた安堵感からか、一行の顔は晴れ晴れしていた。何となくバスの座席が決まったように、センセ四人組はやや真ん中に横並びに座った。

ウィーンからザルツブルクまで八〇〇キロメートル、ドナウ川に沿って走るコースは三十五年前に体験してはいるものの、高速道路が出来たりして、また夏と冬とでは様子は変わっていたが、どこまでも広がる林や丘や山の風景に何となく懐かしさを覚えた。

やがてシュタイアーでシューベルトが「鱒」を作曲した場所を教えてもらった。その家には「シューベルト」のプレートが貼り付けてあった。

そこから郊外へ出たところに「ローゼンベルガー」という、レストラン兼ドライバーのホテルがあった。気の利いた土産物がたくさんあったが、センセはそこでカイザーメランジェという飲み物を注文した。カップを土産に持って帰っていいというのが気に入ったのである。そこからザンクト・ウォルフガング湖畔の「ツィンメルブラウ」というレストランで昼食というので、バスの中でのおやつは食べないでいた。

バスの窓外に映る景色がだんだんと変わって、遠くに雪に覆われた山々が見え、近くには湖水が現れてきた。三十五年前の記憶にはなかったような風景で、センセは慌ててシャッターを切った。

昼食を終えて、ザンクト・ギルゲンでモーツァルトの母の生家を見、モント湖畔を遠くに眺め、夕食は「ホーゲルベーダーホップ」に入った。

夜はミラベル宮殿のコンサートがあるので、早めにホテル「ルネッサンス」にチェックインをし、タクシーで宮殿に向かった。

最前列にきちんとした身なりの親子と思われる男性がすでに座っていた。ピアニストの家族かもしれない。こちらも襟を正して鑑賞に及んだ。

翌十五日はザルツブルクの市内観光で昼のミラベル庭園を見、ザルツァハ川に架かるシュターツ橋を渡り、モーツァルトの生家を訪れた。

こじんまりとした家であったが、幼少の時使用した楽器などがよく保存されていたものだと感心した。何よりカラヤンの像を見つけて、センセは改めて、なるほどザルツブルクはもはやウィーンに次ぐ世界の音楽都市だという認識をした。

レジデンツ広場だったか、噴水凍結予防のピラミッド形のガラスのカバーに驚いたり、マーケットには冬にもかかわらず新鮮な野菜や果物が並べられていたり、この街の豊かさを垣間見た気がした。

昼食はなぜか中華料理だった。久しぶりの米飯に舌鼓を打つ人もいたが、センセはやはり日本の米にかなうものはないと思いつつ、再びバスの人となる。これからインスブルックを経てフュッセンに向かうのである。

インスブルックもセンセは三十五年前訪れているが、市内観光はしていないので楽しみにしているところでもある。現地のガイドさんが「黄金の小屋根」は金箔を貼った瓦が二六五七枚もあると説明してくれたが、やはりひときわ目立っていた。

街をすっと歩いただけですぐフュッセンへ向かう。だんだん夕暮れが近づいてくるので急ぐのは分かるが、オーストリアとドイツの国境を見過ごしたような気がするとセンセは残念がっていた。

ホテルは「トレフホテル・ルートポルトパーク」で近代的な建物だった。部屋に到着するまで長い廊下を歩いて、その壁には絵画が展示してあり、泊まり客の心を和ませるに十分であった。明日は待望のノイシュヴァンシュタイン城へ行くというので夜は興奮気味だった。

これまでも晴れの日が続いたが、十六日はより晴れていた。バスはレストランのあるところまでで、そこからは馬車か徒歩で城まで向かうのである。

怜子が足に自信がないというのでKさん、センセも馬車組となった。すでに登ったほかの馬車が帰ってきた。一生懸命に車を引っ張る馬の顔が印象的で、つい「グーテンモルゲン」と挨拶をしたりした。

馬車は城の少し手前で止まり、そこからは徒歩で城に向かう。雪が残っていて、若い団員の一人が雪だるまを作って低い城壁に飾って登っていった。センセは盛んにカメラアングルを試していたが、一度来たことのある人が、向こう側のマリエン橋まで行くと全容が見えると教えてくれた。とてもそこまで行く時間と勇気がなかったが、少し細長くはなるがパノラマを縦に使うと、一応城の全容を入れることが出来た。

冬なので観光客が少ないが、それ以外の季節は多いのだろうと思わせる城門の前には、幾重にも並ぶためのロープがめぐらされていた。

お城見学は体力がいる。このお城は高いので、尚更であった。しかし高くなればなる程視界が開け、ホーエンシュヴァンガウ城が見える。また青く澄んだ湖面のアルプ湖が冬の陽に輝いている。

サルの後知恵ではないが、ボクがセンセの代わりに調べたところ、この城の名前の「シュヴァンン」というのは「白鳥」という意味がある。バイエルン王国の国王であったルートヴィヒ二世によって一八六九年に建築されたが、完成を待たずして王が急逝、未完の部分が残っているという珍しい、いや悲しい城でもある。何でも、アメリカ、カリフォルニアにあるディズニーランドのシンデレラ城のモデルにもなったとか言われている。

センセはボクよりももっと深く調べていた。それはルートヴィヒ王がなぜ、そんな途方もない城を山中に建てようとしたか？　ということだ。古典派音楽がヨーロッパに浸透していくなかで特にベートーヴェンの存在は顕著だった。彼の生涯はフランス革命やナポレオンの時代で交響曲もその影響を受けていたのは言うまでもないが、その後を受けたシューベルトやショパンはその曲想にも表れているようにロマン主義音楽派時代を生み出し、ワーグナーによって楽劇が作り出された。彼は「ニーベルングの指輪」や「タンホイザー」「ローエングリン」を作曲している。王はワーグナーの影響を多分に受けて、美しい城の建築に我が心のロマンを描こうとしたのではないだろうか。

音楽は人の心を動かす。そればかりか人の心を作る。いや犬のボクだって音の良し悪しは分かるし、「第九」だって分かってるよと、センセの胸の中で呟いてやった。

馬車を降りたところのレストランで昼食。ここのウェイターは陽気なイタリア人で、「アリガトウ、グラッチエ、ダンケ、メルシイ」

とあらゆる国の言葉を披露した。

ここからロマンティック街道に入って行くのである。山ではないが木々に覆われた林の中を出たら、そこには平原のような広い丘のような景色で視界が広がり、やがて夕闇が迫ってきてディンケルスビュールに着いた。

トイレ休憩とはいっても、そのためのトイレは閉まっていて、仕方なく街の中まで歩いて行った。すべてが中世の古い建物の中で、そのトイレだけは蛍光灯の輝く建物だったのが印象的だった。

そこからローテンブルクはすぐであった。狭い石畳の道をバスは進んで行った。ホテルに横付けできないので、人が先に降り歩いている間にバスから荷物をホテルに運ぶという方法を取った。

ホテルは「ホテル・アルテス・ブラウハウス」といって、こじんまりしたところだった。荷物を持って指定の部屋に着くと、そこは屋根裏を思わされるようなシックな作りであった。

食堂といっても小規模で、それでも色々なところに小物が飾ってあって、センセ好みの空間だった。ノイシュヴァンシュタイン城見学で疲れたか、部屋に戻るとただ眠るだけだった。

十七日、冷たい雨がパラつくローテンブルク、ホテルから歩いての市街見学となった。

この街は紀元前五〇〇年頃ケルト人によって造られている。十三世紀にルドルフ一世が神聖ローマ帝国直属の自由都市としてから、十四世紀には一六七の町村を抱え、住民二万人の大都市となってドイツ中世期の重要な地位を占めていたという。その時の銃眼つきの城壁が今も残っている。

しかし十七世紀には宗教戦争や三十年戦争によって市は破壊され、回復することなく十九世紀にはバイエルン国に併合され、領土の半分をヴェルテンブルクにとられた。そして第二次大戦では街の四〇パーセントを焼失したのであるが、市民が十九世紀以来の街並み保存の条例を作り、町の再建に努力し、破損部分を復元したというのである。

センセがドイツファンになることの一つには、こうした住民の意思が街造りにも反映されることもあるとボクは思う。あの二〇〇一年の鳴門のふるさと帰りの旅のリューネブルクやツェレにしても、もう一度訪れたいとまで言っているくらいだから。その時はお安い御用、ボクは彼女の胸にピタッとついて行こうと思っている。

そろそろとEグループの一行が進む。市庁舎のある広場まで来ると、ガイドさんに昼食までフリータイムと言われたので、急いでテディベアの店を探しに出かけた。

すでにケーテ・ウォルファルトの店が紹介されていたが、先程通りすがりに見つけた店に急いだ。そこには店頭に等身大の、いやそれより大きいテディベアが立っていて、センセ一行を迎え入れた。

店内は狭くて、やっと人が通れるような通路にたくさんの商品が陳列してあった。どれもこれもみんなお供に買っていきたい気持ちにあおられたが、帰りの荷物のことを考えて三十センチくらいのテディベアにした。レジで美しい女の人が、

「どこからですか?」

と日本語で聞くので、センセはびっくりしながらも日本の別府だと言うと、

「おお別府、私行きましたよ」

これで二度びっくり。

「温泉があるところですネ」

で三度びっくり、お互いに、

「また逢いましょう」

と言って店を出た。


それからIさんは城壁に登ると言って道標のある方へ行き、あとの一行は聖ヤコブ教会に入った。別に宗教的な関心がある訳ではないが、旅の安全を祈るという意味と、トイレを尋ねることだった。しかしその目的は果たされず、結局は小さなレストランに入って用を足すことになった。

だが何とそこのトイレの照明は電球が切れていて、暗くてとても使用に堪えないので、そのことをたどたどしい言葉（英語とドイツ語が混ざる）で言うと、何とか通じて電球を取り換えてくれた。まさに中世を、身をもって味わった感があった。

城壁の外にはバスが待っていて、それに乗って昼食を「シュランネ」レストランで取り、ハイデルベルクに向かう。

センセはハイデルベルクは三度目である。一回目は三十五年前、全国地理教育研究会ヨーロッパ研修旅行というちょっといかめしい名前がついていた。その時の印象は今も鮮明に残っている。それは街中を走る路面電車であった。それと「ローテンオクセン」（牡牛館。ドイツの小説を本歌取りした太宰治著「老ハイデルベルヒ」の中に出てくるケティーと王子のめぐり合いの場所）に行ったこと。そして長靴形をしたビールジョッキでビールを飲むのには、一つのコツがあるということであった。

二回目は三十年前、教員の海外研修で大分班の一人として訪れている。この時はなぜかセンセが案内役で、あの路面電車に乗ったり「ローテンオクセン」に立ち寄ったりした。その時の雰囲気は五年前と全くといっていい程変わってはいなかったという。今回は全くそんな余裕はなかった。前回と同じくやはり夕方近く四時頃街に入ったのであるが、現地ガイドとの待ち合わせが悪く時間のロスがあり、冬という時期でもあったので、ハイデルベルク城に登った時は夕闇が迫っていた。それでもハイデルベルクの街の全容が西に沈む太陽光線にはっきりと映えている様子を見た。

丘を下りて街に入った頃には陽がすっかり落ち、灯の点いた街の商店は賑やかだったが、騎士の館、シューマンの下宿先、学生牢や大学図書館の見学は暗闇であまり全容がつかめなかった。

確かイエズス教会で六時の鐘の音を聞いた。もちろん子供たちの姿はなかったが、昔はこの鐘の音で一日の終わりを感謝して家に戻ることになっていたという。センセ一行もバスに戻ってホテルに向かった。

一つ心残りだったのは「ローテンオクセン」を訪ねることが出来なかったことだ。しかし旧市街のネッカー川に架けられたカールテオドール橋からライトアップされたハイデルベルク城の容姿は、現実とは異なる幽玄の世界を醸し出していた。

それと発見が一つあった。それは電車が道路の片端の方に追いやられていて、線路は自動車道路になっていたことで、それを見て時代の流れを感じざるをえないと、少しセンセの心は暗かった。

やがてバスの着いたところは、中央駅に近い「クラウンプラザ」という新しい型のホテルだった。

ウィーンを出発してオーストリアやドイツを旅して、大げさに言えばプロイセン帝国の文化にどっぷりとつかってきたことになるのだが、そこに欠かせないのは神聖ローマ帝国時代のシンボルともいうべきキリスト教そのものである。市民たちにしっかりと信じられ根付いてきたように感じられた。ボクは犬だけれど、センセの胸にぴったりとくっついているので、彼女の思考が何となく分かるというものである。

ちょっと飛躍するかもしれないけれど、音楽というのは祈りから始まったのではないか。「第九」もその祈りの集大成ではないのだろうか。

ベートーヴェンが最も愛したのは「荘厳ミサ曲」といわれているが、これはまさに祈りの曲である。専門家でないからうまく表現できないけれど、センセはそのようにベートーヴェン、そして「第九」を理解しているのだとボクは思う。そうでなければ、こういう旅を好んではしなかっただろう。最初はロマンティックシュトラーセ（ロマンティック街道）に魅せられてEコースを選んだのであろうが、センセにとっては色々なことの発見の旅であったようだ。

このハイデルベルクでバスを乗り換えた。美しい花柄のバスはオーストリアのもので、一人で八〇〇キロメートルを運転してきた運転手（ゲラルト）さんは、これからまた同じ道をウィーンに向けて帰るのである。一行はそのバスと運転手さんの無事を祈ってささやかなプレゼントをした。お互いに「ダンケシェーン」。何か音楽的なドイツ語がハイデルベルクの朝の空に響き渡った。

ドイツから迎えに来たバスは、運転手は若かったが何の変哲もない乗客輸送専用車というようなバスであった。それでシュッットガルトに向かうのである。そこはアムステルダムで乗り継ぐための空港であった。

ここで関税の手続きをするのである。センセは以前ベルリン空港で失敗しているので、今回はどうなるか確かめたい気持ちもあって、ザルツブルクで記念に購入したベストの免税の書類を提出した。すんなりＯＫされたので帰国してからが楽しみである。

センセは乗り継ぎの待ち時間に二階のショッピングコーナーに上って書店で地図を購入した。というのは三十五年前このシュッットガルトに立ち寄って、地図製作工場を見学した時に地図を買ったのだが、時を経てどう変わったのか、比べてみたかったのである。「ヨーロッパ全土地図」は、体裁も内容も三十五年前のものとほとんど変わっていなかったが、やはり高速道路が少し増えているようであった。


アムステルダムで乗り継ぎ、いよいよ帰国の途についた。一月十九日朝、関西空港に着き、ここで税関に免税の書類を出すのである。シュッットガルト空港の名前が一般化していないのか少し手間取っていたが、とにかく書類が受理された。昤子はここで東京行きのＡＮＡで先に帰り、センセ一行はＪＡＬで福岡空港へ。ボクはまだ彼女にぴったりくっついている。とにかく別府の留守家族にセンセを送り届けなければならない。こんなところで妙に忠誠心をひけらかすことになったのだが、とにかくEグループ一行はみんな無事だった。若い女性のK添乗員さん万歳。別れの挨拶は「アウフヴィーダーゼーエン」と拍手であった。こうして二〇〇四年の「大分第九」の一大イベントが終了した。

七　ベートーヴェンのミニ研究

早速四月二十五日、「第二十八回大分第九」の練習が始まった。その結団式で名誉会長となられた前知事平松守彦氏が心にしみる励ましの言葉を述べられた。内容は、「もはや『大分第九』はこの地の十二月の風物詩ともなっている。自分自身も皆さんと歌いたい気持ちで一杯で、かつて、佐藤しのぶさんに出演して頂くために練習に参加したこともあったが、公務のため目的を果たせなかったことを思い出している。団員の皆さんの更なる精進と健闘を祈ります」

というものだった。

それから宮本先生の指導・練習方針が述べられた。先生のとられた合唱の姿勢こそ合唱の意義に合うものであると強調され、「合わせる努力を！　原点に立ち返ろう！」ということだった。

六月二十日の練習会場が体育館に変更になったが、広いから決して涼しいという訳ではなかった。しかし総合練習の時センセはやや疲れ気味であったが、場所が変わり、いざ練習となると背筋が伸びたと言っていた。

ボクは去年の十一月の練習日を思い出していた。というのもボクがこの世の存在でなくなった日だから。その日は急に寒くなってセンセはソックスを余分に持って行ったことをボクは覚えている。それはボクが家に入れられた時、椅子に置いてあるのをひょいと咥えて枕がわりにしていた分厚いソックスだったからである。でも、それは遠い日のこと、ボクはいつまでも思い出に浸ってはいられないと視線を前方に戻した。

すると驚くことに、センセは「パソコン」の前にいるではないか。いよいよご愛用のワープロが、印字はかすれるしフロッピーやリボンがなくなるというのでパソコンに切り替えたのである。

ノートパソコンは仕事をしたような気がしないとかでデスクトップ型にしたから、プリンタを入れると部屋が狭くなった。古いワープロを破棄すればいいのに、大事に保管している。いつか骨董価値が出ると期待しているのだろうが、さてどうなるか？

そのパソコンによる第一号ともいうべき「第九通信」七号には、悲しい知らせを載せなくてはならなかった。テノールのMさんの逝去である。彼は昨年の八月に発病され、手術、治療をされながら「大分第九の夕べ」はもとより別府市の合唱祭やクリスマスコンサートに出演され、つい最近では六月十三日の大分県の合唱祭にも出演された。そして八月二十五日、永遠の旅路につかれたのである。音楽の語源はムジーク、それには楽しむ、広く、美しいという意味があるとすれば、彼は十分に楽しい人生を送ったに違いないとボクは思う。

何てちょっとしゃれたことを言うじゃないかとセンセが笑っているかもしれないけれど、ボクはセンセのお蔭で、まだまだ浅いけど音楽の知識を得たし十分に楽しんだつもりでいる。「他の犬たちに比べて何と幸せなんだろう」という想いが通じているだろうか？いやセンセはいつもボクを想っていてくれる。

やや独りよがりな解釈をしながら次の「第九通信」を見ると、用紙がA４になっていた。この方が文字を大きく出来るし記事も多く載せられる。しかし失敗も多い。横のラインを引くのに一苦労したり縦長の枠取りがうまくいかなかったり、慣れるまでは時間がかかりそうである。

そして本番が近くなった十一月二十八日の「第九通信」九号には、宮本先生のビデオ講義が載せられた。それは平成十五年十月十四日放映のＮＨＫテレビ「プロジェクトＸ」、「第九の果て無き道」であった。

ベートーヴェンの第九交響曲作曲の時代的背景、すなわちオーストリアの絶対君主専制政治経済社会と、それに対する民衆の自由を求める動きの中にあったこと。やがてベートーヴェンがシラーの詩に感動し、それを第九の合唱部分に入れたこと。最後に篠田正浩氏が「人間の尊厳と連帯こそが第九そのものである」と結んでいる。ベートーヴェンは第九の合唱によって民衆の心の声を神に向かって、宇宙の創造主に向かって願ったのではないだろうか。

そしてこの日は、今年からの指揮者、現田氏の登場である。三年前の現田氏には髭があったが、それが消えて前より若く見え、スマートさを増していたようだった。

指導は最初から順を追って丁寧になされた。とにかく言葉の意味をよく理解し認識したうえで歌うこと。低音に移る時にはより慎重にすること。Ｎで終わる時には余韻を残すこと、したがって舌を上の歯茎に付けたままで口は閉じないのだ。

面白い表現では「キャンディ」が出てきたことである。つまり子音と子音で母音を包むというのである。壮大な宇宙。それはどんな音だろうか。ケルビム（智天使）、神のそのまた上の神もまたどんな存在なのだろうか。神秘的なものに相違ない。とにかく祈りを込めて歌うしかない。それこそがベートーヴェンの世界に近づくのではないか。そうだ、そうだ、ボクはこの哲学的な思考に大いに賛成した。そして十二月十二日の本番はきっとうまくいくであろうと思った。

そして、本当に本番は今年一月のウィーン公演の感動がそのまま会場に伝わったかのような演奏だった。今回から「大分第九の夕べ」にはベートーヴェンの「合唱幻想曲」が加わることになり、団員は一層の研鑽が要求されることになった。センセは早速「合唱幻想曲」を調べることにした。そこが素人の悲しいところでもあり、フレッシュな研究心を湧き立たせる良い点でもある。

ベートーヴェン年譜によると、一八〇八年十二月二十二日のコンサートで「交響曲第五番」「第六番」「ピアノ協奏曲第四番」「ハ長調ミサ曲」及び「合唱幻想曲」作品八十の一部分が演奏されている。それもピアノの序奏部分は即興で演奏されていて、一八〇九年にようやく書かれたとある。また門間直美氏の『ベートーヴェン』によるとウェバーが「精神的に豊かな作品であり、美しい楽想と設計の行き届いた作品」「その構成は最後のところで合唱の歌詞によって完全に理解される」と言ったとある。また一七九四年の作と思われる「愛されぬ者のため息」「相愛」のメロディーは一八〇八年十二月の「合唱幻想曲」作品フィナーレで再使用されていて、更に第九交響曲の「歓喜の主題」に変容する。その歌詞をあげてみると「第九」の歓喜の歌に変容という表現より、アウフヘーベンがいいかもしれない。とにかく一本の筋が通るのは確かだと思う。

「喜んで受けよ、気高き魂の持ち主よ、
崇高なる芸術の贈り物を
愛と力が一つになるとき
人は神々の恩恵に与る」（クフナー作詞）

それにしても十九世紀のコンサートというのは徹底していると思う。交響曲一曲だけでも、演奏もさることながら聴く方も相当大変なのに、交響曲を二曲も演奏したうえ、ピアノ協奏曲だのコーラスだの、とてもじゃないがボクなんか付き合いきれない。センセがある書物で読んだところによると、そういう長時間の演奏の後のために「合唱幻想曲」が作られたのではないか、疲れた心身を癒すための一味違った音楽ととらえてもいいのではないかと。由来はともあれ初回の練習日から新しい楽譜に取りかかった。前半を「合唱幻想曲」、後半を「第九」というのが練習のパターンとなった。

二〇〇五年四月二十四日「第二十九回大分第九の夕べ」の結団式で、名誉会長平松守彦氏の新たな「第九」への心構えのお言葉、すなわち『自然は新しい風光るこの頃ですが、未だ解決を見ないイラク問題、加えて中国や韓国の諸問題に心痛める世界情勢のさなか、ふと五年前、南京大学で植林ボランティアをした際に歌われた「第九」のことを思い出します。今こそ世界の平和を願って世界の人々、兄弟たちと共に「第九」を歌おうではありませんか』と。これこそが団員たちへのはなむけの言葉ではないだろうか。

そしてこの日のもう一つのビッグニュースは、第三十回「大分第九の夕べ」記念演奏会の指揮者と会場が決まったことである。指揮者は作曲家佐藤眞氏。日時は十二月十日、会場は「iichiko グランシアタ」（公共物に商業名を付けることになり三和酒造の商品名）、オケは九州交響楽団、そして「第九」の前に、指揮者の作曲になる『土の歌』から「農夫と土」「祖国の土」「大地讃頌」の三曲を演奏するということが付け加えられた。一年先のこととはいえ団員は更なる精進を強いられることになった。

そして何より、今年度、男声団員には芸術短大「学校法人移行記念第九」への出演要請があったことである。その要綱を見ると、十月九日（日）グランシアタでの二回連続出演である。女声団員はどちらかの会場へサポーターとして参加することになる。出演回数が多い程ステージ度胸も出来、且つ演奏も良くなるといわれているから男声団員は恵まれているともいえる。そのことに関連のあることを事務局長が「第九通信」五号で次のように述べている。

「特に今年新しく加わった「合唱幻想曲」については、かつて「第九」の指揮をしてくださったホルカーレニッチ先生（五十三、五十四、五十五年）の教えを取り上げられ『暗譜こそが音楽性を高めることが出来る』、公演までかなりの日数と時間があるので、『暗譜』するように」

まさにそうである。プロの歌手が本番で楽譜を手に持っているだろうか？　合唱団で楽譜を手にしているのは、かなり長い曲目で四パートのソロが出たり入ったりする演奏の時のようである。それでも楽譜にしがみついているのは見たことがない。センセも「メサイア」の時経験したが、楽譜はほとんど見ないで歌った。見たりしていると曲の流れについていけないように感じたという。「合唱幻想曲」はそんなに長い曲でもないから暗譜が可能ではあるが、これも集中しないと覚えられない。目標は十一月十三日現田氏が見える日までである。

ところで佐藤眞氏のプロフィールを紹介しよう。一九三八年東京生まれ、東京芸大作曲科在学中の作品「交響曲第一番」が日本音楽コンクール第一位と特別作曲賞を受賞、同年の混声合唱組曲「蔵王」、翌年のカンカータ「土の歌」等で作曲家としてデビュー。一九六四年に芸術祭賞、一九七二年トリノ市賞、一九七五年イタリア賞音楽部門グランプリ、「ヨーロッパ音楽言語の今日における展開を探求する」のがモットー。長年東京芸術大学教授を務め二〇〇六年に退官された。

第9章

「第九」は永遠に

一 オレこと「サスケ」の登場

『マイネフントⅢ』の締めくくりにはやはりオレこと「サスケ」が登場しなければならない。センセはオレの存在に今までのどの犬よりも強く印象づけられているに違いないのだ。

というのは、オレとしたことが二度もセンセを咬んでしまったのだ。最初はまだオレが幼いころ、センセがオレにパンやミルクを持って来てくれた時、犬としての最小限のマナーの「おあずけ」をせずに、

「早く、くれよ」

と言わんばかりに右手に飛びついたのである。この時は三月でセーターの上からだったから、すぐ血が出るほどではなかったが、袖をたくし上げてみるとオレの歯形がついて血が出ていた。センセはすぐタオルで押さえて飼主のところへ走った。そこではすぐ外科医に連絡してくれて飼主の車でY病院に向かった。その時の問答が面白い。

「お子さんはどちらに」

と看護師が言うと、

「ここにいます」

とセンセ。犬に咬まれるのは普通子供と思われているから無理もない。とにかくそこで六針くらい縫合してもらい帰宅はしたものの、オレは、

「あんなに小さい時から可愛がってくれたのに」

と、今までになくうなだれていた。そして過ぎし日々を思い出してみるのである。


先輩のスマイルが二〇〇三年昇天して半年もたたない頃、飼主の娘の嫁ぎ先で柴犬が五匹も生まれたと言ってきた。オレがその中の一匹で、大分から貰われてきたのである。兄弟になるもう一匹のメスも、センセの家のすぐ前のSさんに飼われることになった。

オレはオスで、飼主の意向から駐車場の隅っこで飼われることになるのだが、その場所はセンセから見にくい所であった。しかしセンセは、オレの鎖が絡まって動けなくなったりしていると欠かさずほどいてくれたり、また抱っこしてくれたりして、すぐに親密な関係を結んでいた。

ほんとはオレはセンセに散歩に連れて行ってもらいたかったが、センセも自分の年齢(当時七十七歳)のことも考えて、それだけは頑なにしなかった。飼主も、軽トラックに乗せて山に連れて行ってくれるが、なぜかなかなか散歩はしなかった。餌も犬用の牛肉の

缶詰など開けてくれるけれど器に開けてはくれず、オレもだんだんそれには馴れてはきていた。センセはそんなオレを哀れんで、いつも水入れの缶の水を替えたり器に缶詰を移してくれたりした。そしてオレは頭を撫でてもらったり彼女の手を舐めたりする関係を持っていたのである。

一方Sさんのところのメスは「ハナ」という名前を付けてもらい、まるで座敷犬のように家の中で飼われていたのでオレの目に留まることはあまりなかったが、センセの「ハナちゃん」という甲高い声が聞こえてくると何となく淋しく、いや腹立たしささえ覚えたりしていた。

センセは相も変わらず、コーラスや女性史研究会や、お茶など、とにかく家を空けることが多かった。それればかりかオレの先輩スマイルが宇宙のいずれかの星になった頃、またまたセンセの家では満子姉が心臓発作でT病院に入院。専門医に診てもらうということで更にS大病院へ転院。そんな時芳子姉が椅子に座り損なってY病院に入院。センセが俄に忙しくなったのは言うまでもない。

そうこうしているうちにT病院からセンセが呼び出され、満子姉を老人施設とでもいうかグループホームに入所させたらどうかと持ち出された。

とにかくホームを見学しに行った。新しい施設で居室にはまずトイレ、洗面がついており、ベッド、箪笥はもとより収納庫（押入れ）もあって、病院よりははるかに快適に暮らせそうだったので、本人の意向次第ということでＯＫをした。

一方、芳子姉の方は老人によくある圧迫骨折で、とうとう寝たきりになってしまった。すると食物が喉を通っていかなくなり（つまり嚥下作用が出来ない）、体力がだんだんなくなってくるのが目に見えて現れてきた。

センセも何とかしなければと思っているところへ、Ａ看護師にＫ病院で診てもらいましょうと言われたので、センセも外科よりは総合病院の方が良いと思い、早速胃腸科のあるＫ病院で診てもらった。すると食物を直接胃から入れる方法＝胃ろう（今は若干問題になっている）の手術を勧められ、元気になるのなら、という思いで手術をしてそのまま入院となった。

部屋は四人部屋だったが窓外の景色が見える快適なところであった。その処置が始まってから芳子姉はみるみる回復して、看護師さんや他の患者の付添いの方ともお話をするようになったのでセンセは一安心。しかも家から歩いても来られるところなので足繁く通った。

もちろん満子姉の入っているグループホーム「Ａ」へも様子を見に足を延ばしたから、センセは結構忙しかったのである。大々先輩「ニコ」が言ったように、この家の「守り神」飼い犬はもとより、センセが少しでも可愛がった犬がいなくなると、あまり感心できないことが起こるというジンクスは本当のようだ、と思うのはオレばかりではないだろう。

二〇〇六年、「大分第九」は第三十回を迎えた。四月二十三日の結団式には平松守彦会長が、来年の別府鶴見岳一気登山二十周年を記念して、合唱組曲「別府鶴見火山」の作曲を佐藤眞氏に依頼されていることに触れられた。今年度の「第九」にも「土の歌」から三曲を前奏することは喜ばしいことであるとして会員の精進を促した。

早速「土の歌」の練習に入ったのだが、その前に作詞者大木惇夫氏（一八九五年～一九七七年）についての紹介が次のようになされた。

「戦争体験者の大木氏が、生死をさまよう状況にあった時見た南十字星によって、戦争とは関係のない異なった作詞を考えられた」

とのこと。大木氏は戦時中の愛国詩などを書いたことによって戦後非難を浴び文壇から疎外されていたが、一九六一年「鎮魂歌、御霊よ地下に哭くなかれ」の詩碑が故郷である広島の平和公園に建てられるなど、国民の評価は文壇やマスコミとは異なっていた。その後「土の歌」シリーズが佐藤眞氏の作曲によって国民に広く歌われ親しまれるようになったとのこと。

今年の「鳴門第九」には「大分第九」から二十三名も大挙参加して、センセもその中の一人となった。彼女は今回も大いにこの旅を満喫して帰ってきたようだ。

最も感動したのは徳島交響楽団を指揮された飯森範親氏のことである。前日のゲネプロの時、何となく感じていたオーケストラの不具合を何と一夜にして修正、仕上げられたこと、そして全国からの寄せ集め合唱団を一つの合唱団のようにまとめあげられたことである。

早速センセがリサーチすると、飯森氏は一九八六年に桐朋学園大学を卒業後、ベルリン、バイエルンのオーケストラで修業。特にサヴァリッシュの指導を受けているということであった。現在は山形交響楽団の音楽監督、東京交響楽団正指揮者などで活躍され、ときどきN響アワーなどテレビでもお目にかかるから、センセはわが目と耳は確かだと妙な自負を持つのである。

しかしセンセのもう一つの心の土産は、映画「バルトの楽園《がくえん》」の撮影に使われたオープンセット、BANDOロケ村が当時の坂東俘虜収容所とほぼ同じように再現されていて、それを見学出来たことであった。捕虜たちの宿舎はもとより、捕虜通信を出すための印刷所まで設けられているのには、さすがドイツという感銘を受けたのである。

「第九通信」三号には「宮本修・音楽三十年ありがとうコンサート」の記事が紹介され、八月十八日(金)「音の泉ホール」で開かれることが載せられて、その出演参加者を募集している。最後を飾る大合唱には「農夫と土」「祖国の土」「大地讃頌」とある。また四号には、当日のフィナーレを飾るための演出まで記録している。すなわち①舞台から宮本先生が客席の「第九団員」に呼びかける、②団員は開演前に「第九ユニフォーム」を着て客席に着席し、客席から直接ステージに上りポジションをとる、③「芸短第九」のバリトンソリスト・押川浩氏のソロに続いて「第九」を合唱、④「農夫と土」「大地讃頌」を合唱。このイベントは、ステージの出演者はもとより観客も取り込んで和気藹々の内に幕を閉じた。本当に「ありがとう」のコンサートであった。

二〇〇七年正月、この地域の風習で近くの中須賀神社に零時からお詣りする。神楽殿では有名な庄内神楽が舞われ、参拝者のために焚火が燃やされ御神酒まで振る舞われるのである。

したがってかなりの参拝客で賑わい、オレは初めてのことなので何が起きたのかとびっくりしたが、普通の日とは違うあまりの人の多さに疲れてしまい寝てしまった。センセは一応の正月料理が出来たところで零時ちょっと前に参拝に出かけた。

大概隣の家の子供たちと一緒になるので、そんなに夜道が怖いということはない。テレビの除夜の鐘を合図に神殿への参拝が許され、センセも歩みを進め、鈴を鳴らし、賽銭箱に賽銭を入れる。その時必ずといってよい程オレたちの分も入れてくれるのだ。そうして社務所で御神酒を頂き、矢羽根や福笹を買って神楽の前を通り、福引所に向かう。空くじなしなのでティッシュや、運が良くて二等賞で洗剤の大きいのをもらったり、何歳になっても楽しいことの一つである。センセは少ない時でも一枚一〇〇円のくじを五枚は買う。まあオレの分も入っているのかもしれないが景品に犬用の缶詰があってもいいのではなど、夢のまた夢を見るのである。

オレはだんだん柴犬らしくなってきて声も犬らしくなり、いわゆる吠えることを覚えた。

飼主はそんなオレを乗用車に乗せ病院に連れて行った。おそらく去勢をするのだろうけれど、オレは珍しく車に乗せられたので嬉しくなってなすがままにされていた。

目を覚ましたところが違っていたので吃驚《びっくり》したが、やがて飼主が迎えに来て車で家に戻った。家といっても犬小屋がある訳ではなく車庫の前の柱につながれた。ここだとセンセもしばしば来られるし、オレもセンセの動向が見えて便利だった。

相も変わらずセンセはコーラスや女性史やそれに加えて芳子姉や満子姉のところへ通っていた。女性史の方では「野上弥生子の研究」ということで作品や日記、書簡集まで読むことになり、それだけでも大変な時間と労力を費やすことになっていた。

それでも「雛祭り」には、センセは気心の知れた女性たちでお茶会を楽しんでいた。幸い満子姉の家の二階が空いているし、そこに立礼式の「御園棚」を設《しつら》えて、座ることが困難な人でもお茶（裏千家）を楽しめるようにした。

その頃、庭にある紅梅と白梅が咲きはじめ、三月三日前後には満開という景色に恵まれ、また狭いけれど畠の方には菜の花が咲き乱れて、格好の「雛祭り」となったのである。

二つの別れ

今年の一大イベントは「別府鶴見火山」の発表会を、鶴見岳一気登山二十周年を記念しての前夜祭にすることである。

前夜祭は昼間行われ、その幕開けを別府市合唱協会のメンバー一〇〇名が飾ったのである。もちろん指揮は作曲家の佐藤眞氏、ピアノは村津華子さん。センセも合唱団の一人として出演し、後のレセプションにも参加したのは言うまでもない。

メインテーブルには作曲者はもとより、作詞者の佐々木均太郎氏の娘婿も列席し、合唱団も全員出席して賑やかな宴席となった。

しかしセンセは何となく冴えなかったようである。オレはセンセの心中まで知る由もないが、合唱指導を受け持たれた佐藤信夫先生が所属の合唱団（クール青山）を辞められるということであった。理由は先生の職場である別府大学が一〇〇周年を迎えるので、ブラスバンドや合唱指導に多忙ということであったが、何ともセンセには言い表せない淋しさがあったのだろう。

オレも別れというのはそういうものだろうと少しは理解したような気持ちになっていた。センセの帰りが意外に早かったので、オレは玄関のドアの開くのを他の人と間違えて吠えてしまった。

「大分第九」は三十一周年目を迎える。平松名誉会長の挨拶の中に、
「イラク・北朝鮮問題等、未だに解決を見ない世界情勢の思わしくない状況下であればこそ、人々（兄弟たち）が手をつなぎ、平和を願う、ベートーヴェンの『第九』を歌う意義がある」

と述べられ、団員の心に深く刻み込まれた。センセも気分を新たにしたらしく、姉二人がそれぞれ入っている施設と病院を訪問しながら、「第九通信」の制作にもとりかかっていた。

センセは、すでに昨年に決定していた今年度の指揮者小泉和裕氏について紹介すること

を思いついて調べたところ、次のようなプロフィールであったので記録することにした。

小泉氏は東京芸術大学を経てベルリン芸術大学に学び、一九七〇年第二回民音指揮者コンクール第一位入賞。一九七三年カラヤン国際指揮者コンクール第一位、現在九州交響楽団（九響）音楽監督、名古屋フィルハーモニー交響楽団音楽監督等を務める。奇を衒わぬ深みのあるオーソドックスな演奏が高く評価されている。センセはおそらく今年の演奏は九響と息が合ってうまくいくだろうと今から胸を躍らせている。


春が来れば殊更に忙しくなるのがセンセである。自分の家と満子姉の家の庭の手入れである。樹木は植木屋に頼んでも、草取りはなかなか思うようにいかないから順々に範囲を決めて取りかかり、ようやく一段落ち着くのが五月半ばくらいである。

芳子姉も状態を保っていたので、センセは前から計画していた「知覧旅行」のことを芳子姉に告げて帰宅した。旅の準備をしていたところへK病院から電話があって、

「すぐ来て欲しい」

とのこと。センセは一瞬耳を疑ったが、とにかく旅行取りやめの連絡をしてK病院に向かった。

芳子姉は個室に移されて酸素マスクを付けられていた。まさかと思うことが起こったのである。センセはとにかく家に帰って諸準備をして出直すことにして病院を後にした。家

に着くや否や東京の姪の昤子に電話をし、芳子姉が用意していた装束を箪笥から出し、それを持って病院へ急いだ。まだ芳子姉は息をしていた。手を握っても温かかったので少し安堵はしたものの、昤子がどんなに急いでも明日になることを思うと、途端にセンセはグッと涙を抑えるのに必死だった。

というのは、芳子姉はこの昤子と最も長い付き合いがあったからである。昤子も芳子オバ公さんといって尊敬していた。センセもまた、この芳子姉からは小学校時代の勉強から家事一切に至るまですべてを教えてもらって、いつも「生き字引」といって大事にしていたのだった。

昤子が着いた時は、芳子姉は日頃からもしもの時に間に合うようにと自分で用意した装束に包まれ、その上から、戦後初めて作った晴れ着（昔のものは戦後の食糧難ですべて米にかわった）に覆われていた。

昤子は密葬（直葬）について経験しているので、センセは昤子のアドバイスを参考に事を運んだ。両親の時からお世話になっている禅宗（曹洞宗）の海門寺さんも十分それを承知していて、それでも芳子姉にふさわしい立派な戒名を付けて下さり、K病院の霊安室から秋草葬祭場に移動した。

その時の様子をセンセは次の詩に詠んだ。

「ニコよ」
そのことばを最後に
九十四歳の長姉は
あじさいの花に埋もれて
ニコを道案内に彼方宇宙へ旅立ちました
それは朝もやの煙る六月四日

四十九日の法要を京都で行うことになって、センセは台風四号が近付いているので早めに京都に向かった。長兄はすでに他界していたが、冠婚葬祭は本家で行うことになっていたので、新潟の朝子姉と東京の昤子や地元にいる甥たちや親族（兄嫁）が集まって、あまり淋しくない法要となった。

翌日、朝子姉や昤子と共に京都美術館へ出かけている時、新潟県中越地震のニュースが入って、とにかくセンセは西、朝子姉たちは東へと、それぞれ新幹線で家路についた。

この年は「九重町のサマー・ミュージック・フェスティバル」のイベントの参加募集が「第九通信」三号に載った。佐藤眞氏が直接指揮をされるということで、曲目は「土の歌」。センセは早速申し込みをした。

というのも春に大きな二つの別れをしたばかりで、何となくセンセは精神的に参っていて、気分転換をしようとしたのではとオレは思うのだ。というのは七月八日のクール青山の演奏会後のレセプションも早々に引き揚げて帰ってきたからだ。オレも一年一年何となくセンセの心の内が読み取れるようになってきた気がして、温和《おとな》しく帰りを待っているのである。

八月五日、九重まで道路が良くなったので十一時集合には十分であった。午前中は合唱団の練習。九重の合唱団の指揮者は小柄な人で、とにかく良くまとめあげた。昼食は体育館の指定されたところで取り、着替えてホールへ。ステージが狭くて一三四名（内「大分第九」二十五名）の混声合唱団は肩を寄せ合って立った。オーケストラの演奏は西陵高校でかなり洗練されていた（毎夏この地で合宿練習をするという）。

センセはとにかく見渡す限り緑の九重の草原に触れてご満悦であった。この日の帰りはもちろん夕刻を過ぎていた。オレもそれを承知していて遅い夕食となった。

ところで、センセは七十七歳を過ぎていたにもかかわらず、最初に受け持った卒業生が「喜寿の祝い」をしてくれるというので、「豊泉荘」へ出かけて行った。

教え子は東京や大阪からも参加していて、みんなそれなりに成長していた。思い出話に尽きないのは、クラス全員が力を合わせて行った文化祭や体育祭などだった。個人で突出するのも大事だろうけれど、微力でも力を合わせることの素晴らしさをセンセは卒業生から改めて学んだという。オレもときどきすぐ近くのハナやその他の兄弟たちに逢ってみたいと思うことがある。犬は野犬でない限り何よりも飼主、さもなければ人間に付随してしまうので、犬同士の付き合いがないのを残念に思うのはオレばかりではないだろう。

新潟の朝子姉は夫を亡くした後しばらく独り暮らしをしていたが、とうとう東京の娘の家へ移った。家のリフォームの際、老人用の和室を設けたのである。センセはその家を見るべくクリスマスから年末にかけて上京した。

家はまるで新築のように美しく模様替えをしていた。対面式のキッチンに続くダイニング、その横に和室というように、老人が動きやすいように出来ていた。センセが驚いたのは風呂の湯が沸いたことを知らせることであった。

クリスマスは昤子が奮発して有名なレストランに案内してくれたが、あまりに高級すぎて一般の手づくりパーティーには参考にならなかった。でもデザートのイチゴのカットの仕方は真似が出来ると思った。

「時」はそのようなことには関係なく流れていき、二〇〇八年を迎えていた。

オレがこの世に出現してから、なぜか世の中が大きく変わっていっているようである。

センセは特にこの年のことを記録しておかねばと思っている。その一つは日本経済が七年ぶりにマイナス成長ということであり、先進国も同時に不況に入っているということ。そして政府が発表した厚生年金や国民年金が赤字であるということである。

センセは年金生活者であるからボンヤリはしておれないのである。すぐさま減額ということはないだろうけれど、据え置き支給は間違いない。センセも緊縮財政を余儀なくされるに違いない。それはオレにも影響するかもしれない。ボーッとはしてられないと思っても、オレにはどのようにしてセンセを助けたらよいか分からないので、せめてセンセが出かける時には頭を持ち上げて見送るくらいのことはしようと、健気《けなげ》にそれだけは実行するのであった。

芳子姉の一周忌は、少し早めだったが五月二十五日に京都で行うことになって、センセは一人で出かけて行った。オレはまたしても留守番となった。

人間の弔いごとはなかなか複雑らしいが、オレは直接に芳子姉を知らないこともあってセンセに何の伝言もしなかった。それでも必ず何かお土産を持ってくるに違いないと勝手に思っていた。すごく仏事には熱心な朝子姉は手術後ということで参加することが出来なかったが、その代わりに昤子が最終便の「のぞみ」で東京からやって来て、センセとホテルで合流して参列した。

お互いに忙しいので法事が済むと二人は東と西とに別れて帰宅し、センセも意外に早く帰ってきた。残念ながらオレへの土産などはなかった。

それが理由、というわけでもないが、オレはまたしてもセンセに一大打撃を与えてしまったのである。確かにセンセが来たような気がして、確かめようとセンセの足元に口を持っていったのが間違いだったのである。「サスケ」と甲高い声、その時オレは確かにセンセだという確信を得た悦びと親愛の情をこめて左足の甲をカクッと咬んでしまったのである。

素足のセンセは飛び上がらんばかりにオレの首輪を右手で掴む。その途端に、左手に持った水を入れた器がひっくり返って、水がオレの頭にひっかかった。事故というのはこういうものだろうとオレもセンセもしばし呆然とするばかりだった。センセは、

「どうして……。サスケがこんなことをするなんて思わなかった」

とあまり怒る様子もなかったが、飼主がすぐ病院にセンセを連れて行った。幸い骨折もなく、左足の甲の方の咬み傷は皮膚が薄いので自然治癒を待つこととなり、首輪を掴んだ時に咬まれた右手の人差し指も消毒をして包帯を巻いただけだったが、傷の自然治癒は期限が分からないのが困った。

七月六日定期演奏会があるので、それまでに靴が履けるようになるかが問題だった。オレはというとちょっとお仕置きのようなことはあったが、センセはケロリとしていた。そ

れでも飼主の奥さんが何かと気を遣っているようだった。

完治とまではいかなかったけれど、センセは気力で定期演奏会には靴を履いて出演できた。しかしその無理がたたってか、病院通いは続いていた。結局三か月はかかったのではないか。自然治癒は時間がかかることをセンセが悟ったのは言うまでもないが、オレに対する対処法も考えねばならないと思ったに違いなかった。

犬は飼主には絶対であること。特に日本犬の柴犬はその特性を持っているということ。しかしオレはいわゆる飼犬らしい飼われ方をされてないので、時に野性に戻ることもある。それでいて幼い時、抱っこや愛撫されたことを忘れないでいるジレンマもある気がする。

「サスケは頭の良い犬の部類だ」とセンセは言う。つまり幼い時教えた犬の最小限の躾は身につけているのである。ただそれが常時、継続的に行われるか否かによって、時にとんでもないことが起こるということである。

この年は四十三年ぶりに国民体育大会が大分で開催されるというので、国体合唱隊の募集があった。センセは早速応募して分厚い楽譜を持ち帰ったものの、二月二十四日から九月十二日までの練習に参加出来るか危ぶまれたので断念した。しかし四十六名の団員が参加して、九月二十七日の国体の開会式にその成果をいかんなく発揮し、メディアを通じて全国に国体合唱団の素晴らしさを披露したのである。
世界では歴史的なことが起こっていた。一つは八月の北京オリンピックの開催である。その壮大さ、華麗さは世界中の人々を驚嘆させたが、同じ中国の四川省で起こった大地震は目を覆う状況で、メディアは大々的に取り上げていた。アメリカでは民主党のオバマ氏が大統領に選出され、今までの共和党政権に終止符を打ったが、世界経済の動きや流れを直ちに食い止めることが出来ないような影があるようであった。

この年、三十二回「大分第九の夕べ」には再度現田氏を迎え、「合唱幻想曲」を加えての演奏となった。

昨年の多忙から解放されたセンセは、自分の時間を取り戻したように別府の恒例行事「一気登山」のボランティアに参加したりして少し落ち着いていた。そんなところへ父親の五十回忌が今年だと、京都にいる本家から言ってきた。それと合せて芳子姉の三回忌を一緒にということである。

指定された日がちょうど女性史の会や第九の練習の日と重なっていた。朝子姉も体調が悪く出られないとのことで京都行きを断念した。その代わり、別府で本当に芳子姉を知っている方々を招いての「偲ぶ会」を計画した。これにはセンセが在職時の古い友人たちが快く参加して下さって、和やかなうちに催しを終えることが出来た。

本人はいつも「元気印」のセンセと言っているが、この年の猛烈な暑さもあったのか、センセは何とコーラスの練習が終わっての帰りしなに、「フラーッ」としゃがみ込んでしまったのである。団長が大事を取って救急病院に運び込んだが、センセは「水を飲んだら大丈夫」という程に病院に着いた時にはケロリとしていた。折角病院に来たのだからと一応の検査をしてもらったが、それだけでも「モウケもの」をしたようだとセンセは喜んでいた。

でもオレは良い警告だと思う。病院の検査表の一番下の方に糖尿病の数値がチョロッと示されていたことに気付いて、村津団長、センセも本当にびっくりした。しかし、糖尿病というのは非常に精神的に左右されるもので、ある意味ストレスの蓄積量を表すものではないかとセンセは思ったのである。行けなかった京都の法事の一件もそうだが、もう一つ暗礁に乗り上げていたものがあった。女性史で取り掛かっている「野上弥生子研究」である。センセの受け持ちは作品の中の『秀吉と利休』であったが、何となく主幹者の意向と思いが合わないように思ったので、一応原稿は提出したものの続ける意欲を失っていたのだった。

自分の仕事『マイネフントⅡ』にかからねばならない。それは朝子姉に是非読んでもらいたいという気持ちも働いていたので、急ぎそれにとりかかった。そうしてほぼアウトラインが出来たところで十月上京した。もちろん原稿持参である。

朝子姉は普通の生活はできるものの、大腸が人工肛門のうえに小腸も一メートルだけを残して切除しているので、ちょっと食べすぎたり、好きなものでも消化できないと大変なことになるのである。昤子にとっては自分の親だから懸命に処置をしているが、それこそ汚れで上から下まですべて取り替えなければならない状態になると、どう処置していいかセンセも頭をひねりたくなった。

またどんなに頭がしっかりしていても人恋しくなるもので、朝子姉は昤子の外出を嫌がるのである。特にセンセと共に都心に出たりすると、どんなに短時間でも四時間は留守になるが、それを頭では理解していても心穏やかでないことが起こる。特に秋の日は「つるべ落とし」だ。明るいうちに帰宅するのは至難の業である。

そんな日々をセンセも昤子と一緒に味わって、亡くなった芳子姉や施設にいる満子姉は、ほんとにうまく年を重ねてくれたと感謝せざるをえないのである。

センセも家族のことで多忙を極めたが、世の中も大きく変化していた。自民党政権一色で塗りつぶされてきた日本の政治は民主党の大躍進（衆議院三〇八）で、総理に鳩山由紀夫氏を迎えたのである。民主党のマニフェストは「行政刷新、子供手当の支給、高速道路無料化、年金の一元化」等々と華々しく打ち上げたが、国内金融と経済は決して順調ではなかった。むしろアメリカ民主党のオバマ大統領（第四十四代）が就任した矢先、景気が後退し始めていたのである（マイクロソフトの減収や、GMの破産法の申請など）。また中東地区でもイスラエル軍がパレスチナ自治区ガザへ侵攻したり、インドネシアではM7クラスの地震が二度も起こっている。

センセはやはり父の五十回忌が気になるので、正命日の十一月九日、本当に父を知っているT夫妻と、いつも車で手伝ってくれるOさんを招いて簡単なお茶事をして、古い写真を出して父を偲んだ。

しかしセンセが最も悔やまれてならないのは、五十年前の医療の貧しさというか拙さである。今日の医療では脳梗塞は防ぐことが出来るし、もしなってもある程度治すことが出来る場合もある。父の場合、初期の段階（手足がしびれる）を見過ごしたことや、知り合いの医者任せにしたこと等、色々思うところがある。でも父は看護や介護をする間もなくアッという間に他界してしまった。センセはむしろそのことを「父らしい」と誇りに思っているのである。

三　最終回の「ウィーン公演」

二〇〇九年、「大分第九」は第四回「ウィーン公演」を目指して、一月五日最終の調整を芸術短大音楽ホールで行った。

合唱団員は団員一二五名（客員十九名）、サポーター四十六名。旅行社からの詳細な注意事項を受けて、それぞれ帰途についた時は夕闇が迫っていた。

五年ぶりのウィーン行きでセンセは少しためらい気味であった。というのはオレがまだ小さくて頼りにはならないうえ、いつも留守を受け持ってくれる新潟の朝子姉が、病気で東京の昤子のところに身を寄せているということで、サポーターの選出に苦慮していた。幸い昤子の息子の貴樹が同行してくれることになったが、それでもオレはセンセのことが心配なので、星になったスマイルにセンセを見守ってくれるようにお願いしてみた。スマイルは、

「うん、いいよ。ボクはどこへでも行けるから。センセと一緒なんて最高だ」

と、快く引き受けてくれた。これで大安心、オレはしっかり留守番だ。

魂になったボク（スマイル）は、突然サスケから頼まれて、センセのウィーン旅行について行くことになった。早速センセの胸のブローチの中に、いそいそと入り込んだ。サスケにちゃんと土産話をしなければなるまい。

今回の出発は成田空港で東京勢には便利が良かった。「大分第九」のメンバーはほとんどが福岡空港から成田に向かうのだが、出発が七時十分なのでセンセは福岡に一泊することになった。前回、荷物のトラブルがあったので、まずホテルに着いているかどうかの点検に始まり、航空券やパスポート、ユーロに両替した現金の袋などを受付で受け取り、部屋に入った。センセは何か疲れがドッと出て一時間くらい寝てしまった。七時出発に乗り遅れまいとすると妙に緊張してなかなか寝付けないので、デジカメや携帯電話をいじっている内に出発日の十一日になっていた。

無事福岡を発って成田へ。センセは成田空港を利用するのが初めてなので、物珍しそうに眺めまわしていたが、第一印象では国際空港としては狭いということであった。とにかくここで貴樹と落ち合わねばならない。彼は方向感覚が優れているので心配はないのだが、それだけに頼りにしていることもあり、顔を見るまでは安心はできない。そうしているうちに貴樹は間違いなく「団体様控室」に姿を現した。長身なのでどこにいても分かるから、これまた「安心」材料の一つである。

成田では関空のように遥かに遠いゲートまで行かずに済んだ。そうして機内の人となって十二時間、昼食、夕食と、何か一日中食事をしているような感じだ。

しかし機内で良かったのは二〇〇八年第八十一回アカデミー賞（外国語部門）をとった映画「おくりびと」を見たことであった。

パリ着は新空港（五年前と同じ）なので、ローカル線までは電車で移動する。着いたのはドゴール空港、以前に比べると暗い感じで人の動きもあまり多くはなかった。ウィーン行きのゲートは端の方にあって、そこまでには軽食を用意した店があった。機内食があるのだがパンと飲み物を用意して出発を待った。

予定よりは遅れたが飛行機はウィーンへ飛び立ち、機内食でお腹を満たし睡魔に襲われる頃ウィーンに着いた。

トランクを到着ゲートで受け取って出迎えのバスでホテルに向かう。外の景色が分からないままホテルへ。五年前と同じコンチネンタルホテルがそこにあった。

十二日朝、食堂で初めてそれぞれの便で着いたメンバーに会い、ウィーン市内観光に向かう。センセはしつこくウィーンの森が含まれるCコースを選んだ。それは再びハイリゲンシュタットを訪れたいからだった。しかしベートーヴェンの家は修理中でコースを外れ、かつてのハイリゲンクロイツ修道院と悲劇の舞台マイヤーリンク（現在は研修所になっている）に案内された。帰りに未だに謎となっているモーツァルトの墓をバスの窓越しに見ながらウィーンの街に入り、バスは「ワルツ」という日本人向けの土産物店に停まり、そこから昼食を取るべくレストランへ。三々五々席に着いたが、なかなか料理を運んでこないので、

「忘れられているのではないか」

とか、

「いや今仕込みにかかったのだろう」

とか、何となく面白い会話になって打ち解けた雰囲気を醸し出しているところへ陽気なウェイターが日本語で、

「ごめんなさい」

と言いながら料理を運んできた。

そこからホテルまでは近いので歩いてホテルへ向かう。外から見るホテルはそれほど壮大ではなかったが中は歴史を物語る落ち着いた雰囲気でセンセのお気に入りだった。

夕方までフリータイム。朝早くから飛び出していった貴樹へＴＥＬ。海外で初めての携帯電話。うまくいくかどうか恐る恐るボタンを押す。すると「ルー」と音がして、貴樹の

声。思わず「やった！」と思い、東京と別府へもＴＥＬ。いずれも夜の十時を過ぎていたが、これもうまく通じ、事なきを得て安堵。荷物の整理をして夕方まで寝てしまった。

オペラ観劇（「バラの騎士」）をしないグループで夕食の中華料理店へ向かう。途中ライトアップされたホーフブルク（王宮）を見ることが出来た。貴樹は個人でチケットを買って観劇したが、終演後に観劇組と合流してホテルに戻り荷物の整理にとりかかっていた。明日の公演当日、サポーターは夕食までフリーなので、またもや行動計画を練っていたようである。

いよいよ公演の一月十三日、センセたち出演者は十一時三十分にはホテルを出て市民会館で昼食を取り、楽友協会に向かった。そこでゲネプロの前に本指揮者アンドレス・オロスコ・エストラダ氏によって合唱だけの練習があった。以前と違ってブラームスホールを使わせてもらった。そこはステージの正面から出入りするようになっていたが、立派な音楽ホールであった。

ゲネプロが始まるや指揮者はエネルギッシュに指揮をして、第四楽章の合唱では更にその熱が合唱団に伝わった。リニューアルされた楽友協会の控室や廊下は以前に比べて明るく感じられた。

夕食はそれぞれの控室で日本食の弁当であった。十九時三十分、海外演奏四回目の「大分第九・日豊第九」の公演の幕が開く。ここで問題発生、オーケストラと合唱団とどちらが先に入場するかということである。なかなか合唱団に入場の指示が下りないのでどうしたのかと思っていたら、オーケストラが先に入場ということであった。

演奏の前に観客の皆様に団長の村津氏からマイクなしでスピーチがあった。英語で児童福祉施設へ六二一〇ユーロを寄付したことを伝えると、観客の拍手が鳴り止まなかった。

それを制止するように指揮者が登場し、第一、第二、第三と進み、そして第四楽章。センセはこの時ほど緊張したことはなかったと言う。なぜなら、ひょっとしたら、これがセンセにとって最後の合唱となるかもしれないからであった。

緊張して歌ったにもかかわらず、あまり疲労感もなくホテルに戻ってからレセプションにも出た。今まで合唱指揮をしてくださった宮本先生の、

「ただただ感動しました」

の一言が心に残った。

宴もたけなわの頃、特別にRちゃん（団員のお孫さん）のバイオリン独奏があり、最後に「ふるさと」の合唱で盛り上がった。飲む程に酔う程に、最後のウィーン公演の幕が夜の帳《とばり》と共に下りていった。

十四日、一大事業を終えた合唱団の一行はそれぞれA・B・C・Dのコースに分かれて

ホテルを後にした。

A、B、Dが先に出発し、Cが一番後だったように記憶している。その時センセの肝を冷やしたのは、貴樹が出発の九時ぎりぎりまでウィーンの自然公園を散策していたことである。一人取り残しても何とか追いかけてくるであろうとは思ってはみたものの、Cコースのメンバーに対して恥ずかしさの方が先に立って赤面した。九時の出発きっかりに彼は息を切らしながらバスに乗ってきた。

四 エクスカーションはハンガリー

宮本先生がビデオを持って一番前の席へ、センセたちは二番目の席に座った。ウィーンの市街地を後に一路バスは東へ進む。オーストリアのウィーンとハンガリーは、地図ではさほど離れていなくても、ウィーンからハンガリーに入るには小一時間かかる。国境を通過する時、かつての検査所が残っていた。サービスエリアでトイレ休憩をしたが、すべて有料であった。ハンガリー通貨で一〇〇フォリントだったが、あいにくユーロしか持ち合わせていなかったので、高くはなるが仕方なく一ユーロを払った(一ユーロ=一一九円、一〇〇フォリント＝四十五円）。

バスはやや曇り空の平原をひたすら走る。そのうちバスがガタンと音がして止まってしまった。音は、凍結のためワイパーが折れたのが元凶、幸いガソリンスタンドが近かったのでトイレ休憩を兼ねてドライバーが修理に当たった。センセの印象では、ドライバーは何となくドボルザークに似ていて、ハンマーを指揮棒に替えたらそのまま通用出来るような立派な髭が顔を埋め、その体躯も堂々としていた。

修理が終わって再びバスが動き出すと、やがて遠くに林が見えるようになってブダペストの郊外に入ったことを知らせる。あまりウィーンとは変わらない第一印象にホッとした。市街地も古い家並みだった。


市街地のレストランで昼食を取り早速市内観光となった。バスはペスト側からブダの丘に行くべく「くさり橋」を渡って、緩やかな丘を登ってマーチャーシュ教会で停まった。ここで教会に入り内部を一巡、貴樹はカメラに夢中になっていたが、センセは彼任せで外の聖イシュトヴァーンの騎馬像を見るのに一生懸命だった。そして丘の上から見える対岸に立ち並ぶ国会議事堂やその他の建造物の立派さに感嘆していた。

マーチャーシュ教会の起源は十三世紀半ば、王ベーラ四世が聖母マリアに捧げるために建てたロマネスク様式の教会で、正式には「聖母マリア教会」と呼ばれる。しかし歴史的にブダがトルコに占領された一五〇年間はアラーの神への礼拝の儀式が行われたが、十七世紀にハプスブルク家によってトルコから解放されカトリック教会に戻った。そして十九世紀後半ハプスブルク帝国のフランツ・ヨーゼフ皇帝と王妃エリザベートが、この教会で戴冠式を行った。その時にリストが「戴冠ミサ曲」を作曲しているのである。この教会の近くに「漁夫の砦」があって、ここはかつて魚の市が立っていたそうで、城塞はドナウの漁師組合が自衛のために建てたということであった。それを見てバスは再びくさり橋を渡ってペスト側に向かった。

アンドラーシ通り沿いにはフランツ・リスト記念博物館、国立人形劇場があった。建国千年記念碑のところで下車、扇状に広がった台座に十四人のハンガリーの英雄像が並び、四隅にある四体の像は「労働と富」「戦い」「平和」「学問と栄光」を現しているという。

バスは市民公園を通り、ガイドさんが「セーチェニ温泉」を教えてくれたが、とてもそれが温泉の施設とは思われないほど立派な建物であった。ヨーロッパ最大規模の温泉センターで、一九一三年の建築という。プールと健康センターは一九二七年だから相当に古いものである。

それからバスは聖イシュトヴァーン大聖堂に向かった。礼拝は出来なかったが、その近所の土産店へ案内された。「バジリカ・フォルクロル（BAZILIKA・FOLKLOR）」といって日本人の店員が手際よく案内して色々な商品を見せてくれたが、カット刺繍など期待したものはすべて高価で手が出なかった。うかつにもセンセはユーロを少ししか持っていなかったうえ、ハンガリーのフォリントには両替していなかったので少額のものしか買えず、すごすごとバスに戻る羽目になった。

その時、一大事件が起こった。何と宮本先生の奥様が店の入口で氷に滑って頭部を怪我したというのである。タオルで頭を押さえてバスに乗ってはこられたが、ホテルまで大丈夫だろうか？　添乗員が早速色々と連絡や手配をされ一行はとにかくホテルに向かった。

ホテルはマルギット島にあるということで、再びくさり橋を渡ってブダ地区に入り、ドナウ川沿いにバスは島に向かった。

冬の夜は早くやってくる。すっかり暗くなってライトアップの明かりが輝く景色（特に国会議事堂）を車窓に、それでも何となく気がかりな車内の空気を感じつつ一行はホテルに着いた。「ダヌビウス・グランドホテルとヘルス・スパ・リゾート・マルギットシゲット」、こんなに長い名前のホテルは初めてであった。

到着するや否や宮本先生夫妻は病院に向かわれ、残りの一行は夕食を取るべくレストランに向かった。後で理解したのだが、宿泊はヘルスセンターで食事はホテルの方だったので、長い廊下やエレベーターを何度も乗り換えたりしたのだった。誰かが別府の「杉乃井ホテル」みたいだと言って、面倒な移動が少し楽に思えたりもした。

一月十五日、ブダペストを後にバスは北上する。宮本先生の奥様は三針も縫われたにもかかわらず、お元気な姿で一行に加わり、再び楽しい旅が始まった。

センセはドナウベントについて一応「地域」として捉えていたが、それにしても、あの雄大で東西に流れていたドナウ川がこの地域を元にして南下し、ハンガリーの首都ブダペストを形成したことに意義があるのではと思い、その周辺を見るのに懸命であった。

やがて川沿いの道は十分に車の往来する道路になっていたが、すぐ近くには林があり、向こうに小高い丘が見えたり、更に対岸にもそのような風景がつながったりしていた。まさしくドナウ川は地形の影響で曲折して南下したと言えよう。したがってドナウベントは「ドナウの曲がり角」というのが適しているのではと思った。後日、旅行案内の本に同じ言葉を使って紹介されていたのを見て、センセは自分の感覚はまんざらでもないと内心にっこりした。

センテンドレに向かう沿道には古代ローマ帝国の属州バンノニアの州都の遺跡、当時の教会や神殿、市場や浴場、水道設備や舗装道路、住居の跡がかなり完全な形で残されていた。

バスはセンテンドレに入る手前で停まり、一行は徒歩で街に向かう。道は雪が道路脇に残り凍結しているところもあり、注意しながらの無言の行進が続く。

中央広場に到達すると、そこにはブラゴヴェシュテンスカ教会（セルビア正教）があり、ペストの慰霊碑（記念碑）が立っていた。そこから道が狭くなって両側に土産品店が並んでいた。そこを過ぎると丘の上のカトリック教会（プレーバーニア教会）だが、道の凍結がひどくて歩を進めづらかった。

恐る恐る歩きながらバスに戻ってヴィシェグラードへ。十四、十五世紀に栄えたというこの地に街の姿はなく、破壊された王宮と要塞が残されていた。そこにはEUとハンガリーとその土地の旗が冬空にひっそりと立っていた。

そこからエステルゴムは遠くはなかった。ハンガリーの北部の地で、ハンガリーカトリックの総本山である大聖堂見学と昼食のためにバスを降りた。現在の聖堂はオスマン・トルコの襲撃によって破壊された後、五十年の歳月をかけて再建されたもので、奉献儀式を兼ねたミサには、作曲家リストが大司教の依頼で「グランの聖堂献堂のための荘厳ミサ曲」を作曲し、自らの指揮で演奏しており、入口にはその記念プレートがある。

聖堂内は意外に明るく、ところどころに飾られた花が、訪れる人をホッとさせた。レストラン「プリマーシュ・ピンツェ（Purimas Pince）」で昼食を取り、スロバキアに向かう。

国境を越えるとスロバキアである。一九九三年にチェコから分離・独立した。面積からすると小さな内陸国であるが、ドナウ川水系やそれに伴う平野がある。ブドウの栽培が盛んで、それに伴ってワインが造られていて名高い。その首都ブラチスラバまで三時間、気温が下がり外は薄暗く雪までちらつき始めた。

ブラチスラバ市街に入るにはドナウ川を渡る。冬のドナウ川は決して美しく青いとは言えない、岸辺は氷で覆われていて灰色であった。

橋のたもとで現地のガイドさんが乗って来て、早速ブラチスラバ城に向かった。この城は小高い丘に建っていて、下から見ると四角い。その四隅に塔が建っていて、まさしく「ひっくり返したテーブル」のようであった。

歴史が古く、紀元前六世紀に建てられ、九世紀には大モラヴィア王国の宮殿としてその役を果たしたという。十五世紀にはハンガリー王によって改築、その後オスマン帝国の侵攻でハンガリーのブダが支配されたため、一五三六年から一七八四年までハンガリー王国の首都なった。十八世紀になるとマリア・テレジアの居城ともなったが、戦後一九六八年(社会主義時代)にかけては歴史博物館や音楽博物館として市民に公開されたという。外観は今日まで変わっていないが、現在は改修工事中ということで、城の一部はパイプで覆われ、外にはブルドーザーやトラックが出入りしていた。

ホジョーヴォ広場でバスと別れて、一行は現地ガイドと共に歩いて旧市街地へ向かった。

聖マルティン教会で戴冠式を行ったマリア・テレジアが六頭立ての馬車でパレードしたというミハルスカー通りは、古い石畳で足音を響かせた。左右にはモダンな店もあったが古色蒼然としたのもあって見物には飽きないところだった。

途中、リストが幼少時代（九歳頃）住んだという家に記念レリーフがあって、センセはこの古都がリストの人となりを形づくったのだと合点した様子だった。貴樹は彼らしくブラチスラバ大学やその図書館（旧ハンガリー帝国議院議事堂）等をカメラに収めていた。オーストリア大使館にはモーツァルトが六歳の時演奏した記念レリーフが収められており、ハンガリー・オーストリア二重帝国時代を偲ばせるのに十分だった。実際に聖マルティン教会ではハンガリー王十一人、女王七人が即位しており、十九世紀にネオ・ゴシック様式に改築されているのである（塔の高さは八十五メートルありブラチスラバ一である）。

無知とは恐ろしいものである。センセはこの街に来て初めて「ユダヤ」について少しは知ったのではないか。

あまりにも「アウシュヴィッツ」が脳裏にこびりついていたからでもあろうが、この地にも「ユダヤ人街」があった程、ユダヤ人たちが多く生活していたということを知らなかった。それが何と皮肉にも聖マルティン教会の横の広場であったことが、取り壊しの記念碑によって分かったのである。社会主義時代に幹線道路（スタロメスツカ通り）を造るために取り壊されたのだという。その後のユダヤ人はどうなったのだろうか？

そこまで詳しくは調べてはいないが、センセはホテルへの帰り道、暗がりの広場（旧市庁舎のある中央広場）で集会を行っている集団を見た。横断幕の文字からするとイスラエル擁護の集会のようであった（後で確かめるとユダヤ系の人たち）。

中央広場にある「ロランドの噴水」は一五七二年オーストリア皇帝マクシミリアン二世によって造られた、ブラチスラバで最も古い公共水汲み場である。

そこにはヴィクトル・フリークによる①ベンチのうつむく兵士（フランス大使館前）があり、②覗く人〔パンスカー通り（Panská）と、リバルスカー通り（Rybárska brána）の交わる角のマンホールの蓋〕、③郵便ポスト（クラウンプラザホテルの側）があり、芸術を愛する市民の心を感じるのである。

建物で驚くのは大司教宮殿（現在市立美術館が一部使用）である。十八世紀後半に建てられた。ハンガリー王国時代には盛大な晩餐会が催されたし、一八〇五年にはアウステルリッツの戦いでナポレオンが「鏡の間」でプレスブルク平和条約に署名し、一八四八年の市民革命の際、農奴制廃止の協定の署名が行われている。

最近では「プラハの春」一か月前に、チェコスロバキア内政への不介入合意がソ連の間で行われたように、歴史的にも見逃せないものがある。現在大統領官邸になっているロココ調の建物は、マリア・テレジアの相談役だったグラサルコビッチ伯の宮殿で、そこではハイドンがしばしば宮廷楽団の指揮をしたというから、まさにハプスブルク家の黄金時代がそこに花咲いていたのである。

しかしここでセンセが考えるには、ハプスブルク家がどうしてそれだけの財力を得たのであろうか？　ボクにも分からぬことばかり、そのうち大先輩のニコを見習って調べることにしよう。

暗闇に近いといっていいほど街は照明に欠けていたが、団体の強みでぞろぞろとホテルに歩みを進めた。疲労と空腹で、どこで何を食べたのか記憶になかったが、貴樹がカメラに収めていたので詳細なメニューが分かった。

レストランはホテル内の「マグダレナ」というところであった。メニューはサラダ、ビーフ、ポテト、黒パン、デザートがシュークリームに食用のホオズキ。このホオズキが珍しく、食べるのにためらう人もいた。薬用にも使われるというので食べてみたが、そう美味しいものではなかった。しかしいつもそうであるが大都市のパリやロンドンと異なって、量も多く、何かその地域の特徴のあるものが食卓に載るように感じられた。

十六日、モラヴィアの中心ブルノに向かう。旅に馴れた頃には帰りのことが心配になってくる。なるべく土産物を買わずにトランクを空けておいても、いつの間にか一杯になってしまうものである。貴樹は書物を買うのでずっしり重くなっている。本人が持つのだから構わないが、なるべく不必要なものを捨てるように言っても、大丈夫と言って抱え込んでいるから面白い。

九時半出発だからと言って、貴樹は近所のスーパーへ水を買いに行った。何だかとても安いようで、一・五リットルを三本も買って来たのでますます荷が重くなってしまった。しかしトランクはバスの下部の収納庫に収まってしまうので直接重いとは思わなくて済むのである。

国境を越すとチェコで、ブルノまではあまり時間がかからなかった。聖ペテロ聖パウロ教会やモラヴィア博物館の建物を見ながらドミニカン広場を通り、右手に聖ヤコブ教会を見ながらコメンスキー教会の前でバスが停まった。

レストランは「スタロブルノ」。ビール醸造会社の直営店であった。その前が通称メンデル広場になっていて、メンデルの偉業（メンデルの法則。遺伝学の創始者、優性・分離・独立の法則）を讃える記念館はそこより少し離れたところにあるという（メンデルの存命中にはあまり注目されなかったが二十世紀になって再発見され、後の自然科学の道しるべとなった)。

夥しい写真を整理していると「何だ、これは」というのが出てきた。貴樹のケッサクといえる一枚で、建物の正面尖塔の側面の窓アーチの上部に「お尻」を外に突き出している小人の彫刻である。

これには、聖ヤコブ教会にまつわる逸話がある。ストラスブールのミュンスター寺院を手掛けた若い有名建築家ティーロットが、聖ペテロ聖パウロ教会を手掛ける老建築家を小馬鹿にしたことで市民や政治家の反発を買い、クビにされた。彼はもう一度仕事をさせてほしいと聖ヤコブ教会に懇願し、それが許されて最後の彫刻となったのがこの「お尻」の作品で、今日まで残されているというのだ。しかもそれは聖ヤコブ教会のライバルであった聖ペテロ聖パウロ教会の正面の方角に「お尻」が向けられているというから執念深いものである。

ヨーロッパを旅して気付くのは、ペストの記念碑が多いことである。ここでも自由広場にバロック様式で建てられていた。また緑の広場にはパルナス噴水があって、そこは三つの頭を持つ犬がヘラクレスに縛り上げられている洞穴があり(ギリシャ神話)、中央には矢と矢筒を掲げた像が座り、その下に飛んでいるドラゴンがいる。熊も岩から這い出ている。洞穴の一番上には人物の像が意気揚々と槍を持ちドラゴンを打ち破っている。

どうしてドラゴンが出てくるのか。最初に下車したのが緑の広場で、そこから旧市庁舎に向かう中庭の入口の天井にゾッとするようなワニがぶら下がっていたのである。内陸のこの地になぜワニ？　その疑問には次のような伝説があった。

「ブルノがまだ村であった頃、血に飢えたドラゴンが村のほとんどの家畜を襲い、村人は畑仕事も出来ず、商人は商いも出来ず、人々は外出がままならなかった。

村長がドラゴン退治を一〇〇枚の金貨付きで募集したところ、肉屋が雄牛の革と生石灰一袋下さいと申し出た。革の中に生石灰を詰め、それをスヴィタヴァ川の木の下の草の繁みに隠して木の上で待っていると、やがてドラゴンが現れ、それを一口に飲みこむや今度は川の水をがぶ飲みしたので、ドラゴンは生石灰と水の反応によってたちまちのうちに死んでしまったという。退治した喜びから、ドラゴンを剥製にして市庁舎にぶら下げることになってブルノは見学者で賑わい新市庁舎を建てるまでになった」

現在ぶら下がっているワニの剥製は、一八〇一年にフェルナンド七世スペイン王の甥がプレゼントしたものである。当時ブルノ市民は、ワニを童話に出てくるドラゴンと見なしていたらしい。

昼食に気を取られて見逃していたコメンスキー広場前にマサリク大学医学部があって、

トマーシュ・マサリクの像が建っていた。

大学の名前の由来が伝説ではなく、まさに近代史そのものといえる。というのは、マサリクは鍛冶屋からプラハ大学の教授、更にはロンドンのキングスカレッジのスラブ人研究所教授となった努力の人である。それに加えてチェコスロバキアの独立を常に訴え続けて、一九一八年オーストリア・ハンガリー帝国を崩壊させた（ワシントンの国会議事堂でチェコスロバキアの独立を宣言）。連合国はチェコの代表者として認め、一九二〇年初代チェコスロバキアの大統領となり、二度の再選を果たしている。市民は彼を讃えて大学の名にするとともに像を建てたのである。

こうして歴史を振り返っていると、見過ごしたところがもう一つあった。それは聖ペテロ聖パウロ教会の鐘のことである。なぜ正午でなく十一時に鳴るのか。それはドイツの三十年戦争に遡る。

スウェーデンがブルノまで侵入してきたが、ブルノの守りは固く容易には落ちない。それで「正午まで戦って決着をつけよう」とオーストリアとスウェーデン両軍の指揮官が約束して戦いが始まったが、ブルノ危うしと見た教会の鐘つきが「どうせ負けるなら最後の鐘を鳴らそう」と一時間前に鐘を鳴らした。それを聞いた両軍は「約束の時間がきた」と戦を止めて兵を引いた。ブルノは全滅を免れたので、それを記念して今でも一時間前の正午を告げる鐘を鳴らすというのである。

ブルノからチェコの首都プラハまでは三〇〇キロメートル、夕方にプラハに入れるのだが、冬の夜は早くて「ホテル・アンバサダー・ズラター・フサ」に着いた時は街の照明が華やかに輝いていて、ホテルの入口がどこなのか戸惑ったほどだった。

しかし部屋に入ると、白とピンクを基調にしたやや少女趣味的なレイアウトで美しかった。特にバスルームは大理石で作られたデザインで、レトロな雰囲気だった。夕食は隣のレストランでフランス風チェコ料理を美味しくいただくことが出来た。

十七日（土）、プラハ観光が始まる。センセは十年前に来て、すごく感動したことは記憶に新しいが、地理についてはやはり不案内だった。それでもバスがプラハ城の丘を登っていくと、急にそこから黄金の小路を下ったのを思い出したりしていた。

衛兵が真面目に立っている城門をくぐり、城内に入って目に付くのは聖ヴィート大聖堂である。

大聖堂が現在ある場所に最初の教会（ロマネスク様式）が建てられたのが九二五年で、ボヘミア国王カレル一世によって十四世紀に改築が始まり、広大なゴシック様式の教会が二十世紀になって完成を見たという。中でも半世紀（十九世紀末～二十世紀）かけて造られたミュシャのステンドグラスは圧巻である。地下にはカレル四世をはじめヴァーツラフ四世、ルドルフ二世等、代々の王の墓が納められている。

その次に訪れた城内の教会が聖イジー教会で、白い二本の尖塔が印象深い。現在は音楽ホールとしてコンサートが催されている。王宮そのものは、現在は大統領府として機能しているということである。

聖ヴィート大聖堂を出て聖イジー教会の横を通り抜けると黄金の小路に入った。十五世紀末に城壁に沿って一〇〇メートルの路地長屋が建てられ、初めは城の召使いや衛兵の住まいだったが、十六世紀半ばに起きたプラハ中心の大火で焼け出された錬金術師、金細工職人たちが移り住み、低所得者の住むこの地を十八世紀にマリア・テレジアが石造りの長屋に建て替えさせて現在に至り、今は大部分が土産物店になっている。オモチャの博物館といわれるものもあった。フランツ・カフカの仕事場だった（一九一六年～一九一七年）という青色の家も、並びの一隅にあった。

そこからずっとカレル橋まで歩いていき、橋に入ったところで記念撮影をした。まだ一部の修理は終わっていなかったが、とにかくここを渡る人々は十年前よりはるかに多いように思えた。言うまでもなくカレル四世時代に建造されたもので、六〇〇年近くの間健在であることでも有名であり、その両側に居並ぶ三十体の像の多さでも他の橋の群を抜いている。なかでも最も美しい像というのは聖ルトガルディスで聖女のために十字架上のキリストが身をかがめているのは珍しい（プロコフ作）。

橋を渡って旧市街に入ると道は狭く石畳になった。その路の両側には土産物店が並び、客が入るのを待っているようだが、店があまりにも小さくて二、三人入ればすぐ所狭しとなった。だらだらと坂を下ると旧市庁舎があり、そこの天文時計が目当ての観光客がたむろして、その向かい側のレストラン（庶民的で屋台まで出している）は人が溢れていた。時計は九時から二十一時まで一時間ごとに鐘の音と共に仕掛けが動き、上部にある二つの窓が開いて、そこにキリストの十二使徒がゆっくり現れては消えてゆき最後には鶏が鳴いて終わる。観光客はそれを待つのである。そこから旧市街の広場はすぐで、その中央にヤン・フスの像が立って、市民の集まる場を形づくっていた。

言うまでもなくヤン・フスは十五世紀のチェコの宗教改革の先駆者であり、カレル大学の学長を務め、且つベツレヘム礼拝堂の説教者もしていたという。チェコでは現在なお英雄的な存在とされる。そこから目を東の方に向けると、そこには二本の塔がひときわ目立つ教会がある。ティーン教会（正式には「ティーン（税関）前の聖母マリア教会」）で、塔の高さは八十メートルである。貴樹はその他に、ゴルツキンスキー宮殿（現在国立美術館になっているが、かつてはカフカが通っていたドイツ語教育専門のギムナジウムが二階にあったという）、またプラハ市美術館になっている「石の鐘の家」もカメラに収めている。

昼食はジェレズナー通りの「ビリーコニチェク」で、いわゆるチェコ料理を味わった。

午後はフリータイムであった。センセはホテルへ、貴樹は街を見に行った。

夕食の場所は市民会館（スメタナホール）だったので、街中にある滞在ホテルは便利で、往復とも街の見物が出来た。フランクフルトソーセージの屋台も出ていて、街は賑やかであった。

市民会館は共和国広場前にあり、ホールやレストラン、展示会場等が入っている複合文化施設であった。元は十四世紀から十五世紀初めまでボヘミア王ヴァーツラフ四世の王宮であったのが、十七世紀には神学校、十八世紀には兵舎となり、十九世紀には軍事学校にもなったという。当日はホールで新人のリサイタルがあるのか紳士・淑女が集まっていた。

食事をしたレストラン「プルゼニュスカーレスタウラツェ」には他の団体も入っていて、楽団付きで、しかも日本の歌も演奏されたりしてディナーを盛り上げた。メニューもチェコ料理そのもので、最後のデザートが豪華なのをセンセは未だに覚えているようである。貴樹は人形劇の観劇のため、デザートもそこそこに一人で出かけて行った。帰りは三々五々来た道をホテルに向かった。夜が更ける程に人が増えるようでプラハの夜は華やいでいた。

ヨーロッパ最後の夜、概ね荷物は片付いているので、ゆっくり風呂に入って眠りについていると貴樹が帰ってきた。人形劇場にはたくさんの観客が入っていて、なかなか面白かったと言いながら帰り支度の荷物を作り始めた。ここで増えたのはかなり大きな人形二つ。妹の子供に贈るものらしく、どのようにトランクに収めたらよいか悩んでいたが、手に持つことにして、書籍類を詰めることで一応形がついたようである。それが後で問題になるとは思わなかった。

十八日、いよいよ帰国。まずプラハ空港にバスは向かう。昨日までのバスとは違うバスであったが、座席はいつの間にか前のバスと同じ指定席のようになっていた。宮本先生の奥様も元気になられていて一同安心。また途中から参加されたMさんのお嬢さん（ベルギー在住）とはプラハ空港でお別れであった。

無事にプラハ空港に着いたが、ここで厳重な荷物検査があった。そこで貴樹が重量オーバーで荷作り仕直しとなった。結局はトランクから書籍類を出して、手にしていた人形を入れることで問題解決。彼は結局重たい手荷物を持つことになった。

乗り継ぎのパリ空港まで約二時間。パリのドゴール空港から新国際空港へは電車での移動、二つほど駅があったから相当に距離がある訳だ。新空港での待ち合わせ時間があまりなかったようにセンセは記憶しているが、更に土産を買って手荷物が増えることを避けた。一つには土産を待っているボクがいないこともあるが、通貨の関係で、ハンガリーで求めえなかった悔しさがこの日まで続いていたのかもしれない。

ＡＮＡは順調に日本に向かって飛び立ち、やがてシベリア上空へ。その景色は五年前と少しも変わらなかったし変わろう筈もなかった。

成田には定刻通りに着いた。到着カウンターで荷物を受け取り宅急便コーナーで手続きをし、貴樹は重いカバンをさげて遅い昼食をして電車で帰途についた。

センセはそれから再び国内線で福岡に向かった。福岡空港に着くと、嬉しいことにＪＴＢの方が帰国の歓迎出迎えをしてくれた。それから大分組は用意されたバスへ、福岡、宮崎の方々はそれぞれ電車等へと別れを告げた。次の第三十三回の「大分第九の夕べ」の発会式に集うことを約束して。

ボクはまだセンセのブローチの中にいるので、本当のネグラには帰れない。外ではボクを待つように数多の星が、冴えた空に輝いていた。そうして「ウィーン公演」を見届けたボクは、一月十九日、センセが無事に自宅に着くや否や、満天の輝きの元へ旅立つのだ。

ここで留守番をしてくれたサスケに報告係をバトンタッチした。

いつの間にか恒例になった雛祭りを兼ねた茶会は、センセのウィーン・ハンガリーの旅の報告会のようになって、いつもより賑やかになった。無事見守ってくれたスマイルからバトンを受けとったオレ（サスケ）は、これからまだまだ続くセンセの話をしていこうと思う。

ある日、旅行後も何かと忙しくしていたセンセから、

「しっかりお留守番してね」

と、また上京することを伝えられた。朝子姉を慰めるために花見をしようというのである。センセは、別府の一気登山のイベントまでには帰ることを条件に出かけて行った。

東京では貴樹が撮った膨大な量の写真が、大型の写真帳六冊に順序良く収められていた。それが前述したウィーン公演後のエクスカーションの旅の記録となったのは言うまでもない。

センセは東京での花見は初めてであった。羽田空港からの多摩川堤沿いには、見事な桜の花が咲き誇り、その土手には、これまた夥しい菜の花が黄色いカーペットを敷きつめたように咲き乱れていたのには歓声を上げた程だった。

とにかく朝子姉を慰めるための上京だから、早速姪の昤子は貴樹を動員して桜並木の道を選んで、都立の植物園や国立市の学園都市の方へ車を進めた。センセは別府でも各公園の桜の園や桜並木は知ってはいたが、これ程壮大な桜は見たことがないと歓声を上げげっぱなしであった。どこかで休憩を考えないでもなかったのだが、どの茶店も人が一杯で、また駐車場も満杯で素通りしたのが朝子姉には不満であったようだ。後々までも、

「あら、お花見をしたのかしら」

の文言が話題となって、朝子姉を偲ぶよすがとなったのは言うまでもない。

センセは、昤子の案内で、サントリーホールで「ドン・ジョバンニ」の歌劇鑑賞をしたが、ホールの素晴らしさもさることながら、歌劇の演出も新しく、出演者が客席から舞台に上がるなど目を見張るものばかりだった。夜の観劇は帰宅が遅くなるのだが、夜桜が街燈にほのかにその影を映すのにもセンセはご満悦のようだった。

オレはいつものように、センセの帰りを、首を長くして待っているより他はなかったが、センセは案外早く帰って来て、「サスケ」と呼んでくれてサンドウィッチの残りを振る舞ってくれた。しかしもう次の日は「一気登山」のボランティアに出かけて行った。

そうして二〇〇九年の「大分第九」の結団式を迎えるのである。三十三回目を迎える今年の指揮者は新進気鋭の山田和樹氏と決まっていて会員も胸を膨らませていた。

八月二十二、二十三日の強化練習も終わって九月十九日、会員は緊張して山田和樹氏を迎えた。

センセが山田氏の指導で驚いたことは、「ダメ」を七回も連発してやり直しをされたこと。若さとプロフェッショナル精神を久しぶりに味わって心地良かったと言っていた。

またまた東京から音楽鑑賞の声がかかって、センセは浮き浮きしてそれに応じる準備にとりかかり、十月一日に上京して行った。オレはまた留守番をしなければならないのだが、二度もセンセを傷付けているから、その償いをしなければならぬと妙にしんみりするのである。

上京するや否や、昤子はオーチャードホールに案内し、NHK交響楽団の「第九」を聴かせてくれた。合唱団は二期会で八十名なのにさすがプロらしく楽団に負けない音量で聴衆を魅了した。センセも都市型ホール（公共の交通機関利用で入場出来る便利さ）の良さを痛感したという。

四日は昤子の所属する「コール・リバティスト」の演奏が紀尾井ホールであるので、これは貴樹の車で出かけた。ホテル・ニュー・オータニの向かい側にある瀟洒なホールであった。センセはまるで東京のホール見学に出向いたようで、後で一人で苦笑していた。後で聞いた話だが、昤子も親子ではありながら在宅介護の微妙な難しさを、身をもって味わっていたという。

言い知れぬストレスを解消するには何がいいか。センセも音楽が好きだし朝子姉と最も気が合うし、ならば東京に出て来てもらうのが一番いい手だてではないかと思ったそうである。そこでセンセ流の「在宅介護是非論」が出てくるのである。

センセは過去において両親、そして長姉を看取ったという事実から、決して在宅介護は絶対に是《ぜ》だとは言えないということである。幸いセンセの場合、直接に介護することなく、脳溢血や心筋梗塞で「別れ」を惜しむ時を持たなかったから、ストレスを持つようなこともなかったけれど、朝子姉を看る姪の場合には、前に述べたが認知症でなくても普通に生活を送るということが案外難しいということである。センセが持論としている「老人(高齢者)哲学」の必要性を改めて世に問いたいと言うのである。

どんなに優秀な医者や看護師や介護士がいても、行政がしかるべき措置(施設や制度)を講じても、老人自身が身体は老化しても心は平常だという自覚を持たなければならない。高齢者としての義務感というべきか、そういうものを常日頃思考するということである。

オレはセンセの言わんとすることが分かるような気がするのである。ということは、センセが姪の心境を理解してか誘いに応じて出かけて行くことを、オレも淋しいけれどその行為を受け入れねばなるまい。

五 山田和樹氏を指揮者に迎える

短い旅だったがセンセは大満足で帰ってきた。朝子姉も思ったより元気で、センセたちの外出を許してくれて美味しい食べ物の土産を待っているという様子だった。

十二月に入ると「大分第九」の総仕上げである。いよいよ本番という時に、指揮者はステージの並びをバラバラにした。それは団長のステージの美学（整然と一糸乱れずにパート別に並ぶこと）をことごとく壊すことになった。実際そのことは、センセの隣にテノールの方が、後ろにはソプラノというようで、いささか面食らったが、やれば出来るものである。それともう一つは、ゲネプロが終わりいよいよステージへ移動という前、待機しているところへ指揮者がわざわざ足を運ばれて要注意の箇所に念を押されたことである。

常連の聴衆は驚いたことであろうが、この年の「第九」は非常に精神的に密度の高い演奏になったとセンセは満足している。

そしてすでに上京することが決まっていたので、十二月二十四日にまた別府を後にした。未だかつてなかった年越しを朝子姉や姪一家と共に過ごそうというのである。

クリスマスプレゼントにと、昤子は二十五日オペラシティーのバレエ「くるみ割り人形」の鑑賞にセンセを誘った。久しぶりの本格的なバレエを観ることによって、センセ自身の別の仕事のストレスを解消するのに十分であった。

年越しは朝子姉とセンセ、姪一家、姪の娘一家の総勢九人の大所帯となった。姪がその大人数の食事を上手に賄うのを見てセンセは二度びっくりしたという。一度は満子姉の茶会開きの時、九人のお茶事の料理を賄ったことである。お茶事の料理は予め決まった通りにある程度準備をしているが、今回の場合は病人あり、幼児あり、運転の関係もあって飲酒できるのは当家の旦那だけ、センセは全く酒には縁がないので付き合いが出来ないとあっては、料理そのものの作り方にも色々と考慮しなければならない。本来ならセンセが手伝うべきだろうが、朝子姉の話し相手と決め込んでいて時にお運びを手伝うくらいであった。

六　「王道第九」

年が明けて二〇一〇年、朝子姉と姪一家と正月を迎えたのは、センセにとって初めてのことであった。関東風の雑煮と共に新潟風の雑煮も用意された。吟子はセンセのためか洋風のおせち料理を用意していたが、朝子姉には少し気の毒のようであった。それでもお屠蘇や雑煮は自分で接待した。それが朝子姉の精一杯の生きている証拠のデモンストレーションだったのではないかと、センセは今にして回想するのである。

翌日二日には国際フォーラムホール（元東京都庁跡）に「レニングラード・バレエ」の鑑賞に出かけた。名場面集の新春公演だったが、ダンサーのそれぞれの踊りはやはり目を見張るものであった。

三日は姪の娘一家が来てまたまた賑やかな夕食となった。オレはといえばセンセのいない年末年始は考えたくもない時間が過ぎていくだけだ。というのはオレの好物の鶏の骨やケーキ作りの残物や、その他おせちの材料の余りなどの給食が途絶えるからで、何ともやるせない。飼主も山には連れて行ってはくれるが何となく忙しく立ち働いているので、オレも少し遠慮しているのである。

センセはオレのことを心配してくれているだろうか、土産は何かと思っていると、五日の夕方に帰って来た。これという土産はなかったが、「サスケ」とオレを呼ぶ甲高い声を聞くだけで満足し、安心して眠りに就いた。

センセは休む暇なく「第九」の理事会に出て、三十四回目の「第九」の指揮者に秋山和慶氏を迎えることを聞き、いよいよ「大分第九」はその本領を発揮する時がきたのではと思ったという。

つまり秋山氏は九響の常任指揮者なので、九響を我が意のままに導くことが出来るから、いかに合唱団がそれにうまく乗るかということが問題となるということである。今年も練習に励まなければならないと思いを新たにした。

しかし、そこへまたまた東京から花見の誘いがかかったので、センセは三月二十九日に上京した。正月に会ったばかりの朝子姉は相変わらず痩せてはいたが、頭はしっかりしていて、

「今年こそお花見をしましょう」

と言った。センセはすかさず、

「そうそう、美味しいものを食べましょう」

と言ってはみたものの、それが果たせるかどうかちょっと不安に思ったと後で吟子に言ったそうだ。

翌日、吟子はセンセを夜の銀座を案内した。そして五日には「旧小笠原邸」のスペイン料理へと。

そして七日はミューザ川崎で山田和樹指揮、東京フィルハーモニーの演奏会に誘ってく

れた。これは「大分第九」で山田氏が指揮したということもあってか、センセにとっては思いがけない幸運な出会いであった。

「第九通信」でも紹介したが、彼は第五十一回ブザンソン指揮者コンクールで優勝され、すでに欧米、アジアの十五のオーケストラからも招待されて世界で活躍されておられる方で、一年前「大分第九」で指導を受けたのはまさに千載一遇のことと言える。

さて朝子姉との花見のことだが、センセは一緒に車に乗った記憶があるような、ないような。ただ記憶に残っているのは、美味しいものを食べようと言いながら外では食べず仕舞いになったこと。生クリームのショートケーキをお土産に買って帰ったものの、あまり食が進まず、残りをセンセが食べてしまったこと。オレが居れば大いに手伝ったのにと今にして思うのだが、朝子姉にはなぜか「また来ますよ、待っててね」と柄にもなくセンチになって、センセは秋の上京を約束したという。

そんなこともあって、暑い夏を越して十月になるとセンセは慌しく上京していった。オレはまたかと思いつつ、センセを塀越しに見送った。

実際オレは朝子姉を知らないけれど、なぜか古くから知っているような気がするのが不思議でならない。というのは朝子姉も無類の犬好きで、新潟に嫁入りしてからもずっと家に犬がいたし、特に新潟地震（一九六四年）の時、溺れそうになったベア（オールド・イングリッシュ・シープドッグ）を、自ら水に入って助けたという程の人だから、犬仲間では知らない者はいない。まして今は星になっているニコ君などはオレの話を通信すると「そう、そう」と聞いてくれるに違いない。

センセは東京に着くと一橋兼松講堂のコンサートに案内された。ホールは旧式なのであまり音響は良くなかったが、聴き手がさすが紳士淑女たちのように見受けられた。また国営の昭和記念公園に行った時には、まだコスモスが残っていて秋を味わった。帰って来てその話をすると、朝子姉は昔のことを話し出したりして頭がしっかりしていることを証明するかに受け取れたが、センセたちの帰宅が遅いのを嫌がっていた。秋は日の暮れが早いということとの理解は、自分の思う時計の感覚とはずれていた。

しかし朝子姉は身の回りのことはもちろんのこと、食事や入浴等の介護は全くしなくていい状態であった。だから昤子も外出が出来るのだが、手当としては腸がほとんどないために常に下痢症状で、頻繁に起きる人工肛門からの漏れで、衣類から寝具等をすべて洗濯しなければならなかった。幸い今は洗濯機ではあるが、下洗いや漂白は手作業になるので、症状のひどい時には昼夜問わず繰り返されて、昤子自身が食事を初めて取った時間が夜の十一時だったり、寝不足のため、料理中に包丁を握ったままフッと寝てしまうこともあったという話も聞いた。やはり臭気が漂うので換気扇をフル回転するのだが、それでは間に合わず他の部屋の戸や窓を開けなければならなかった。昼間ならまだしも夜になると秋でも気温が下がるので、センセはカーディガンを重ねるのだった。そういう経験からセンセは「自宅介護」については改めて考えさせられると言っている。オレなんか犬だから特に鼻が利くので、その現場にはとてもいられないのではないかと妙な同情感を持ったりした。最近では病院、福祉施設（いわゆる老人ホーム等）は建物それ自体に臭気をなくす装置を設けているとのことでもあるが、家庭ではそこまでの設備を整備するのは無理なのではないだろうか（もちろん財政的に許せる家庭は例外である）。

そんな介護を続けながら、昤子は遠来のセンセを都心の宝塚劇場に案内した。センセはときどきテレビで観ることはあっても、今日の出し物は「月組」だと言われてもどんな生徒が所属するのかは分からない。それでも物珍しさが手伝って新しく建て直した劇場に向かった。

劇場の周りにはすでにたくさんの人が集まっていて入場を待っているようだったが、バスガイドさんが旗を掲げていたのでツアーの方たちということが分かった。東京周辺からの日帰りツアーやファンで会場は満杯であった。センセは一階の最も見やすい席だったので十分に鑑賞出来たのだが、あまりの音量の大きさに耳を覆いたくなる程だったと言っていた。しかし舞台装置の色彩や、その変化（回転装置を使う）には驚きと共に感動していた。

その宝塚鑑賞を最後にセンセはオレが待っている別府に帰って来た。第三十四回の「大分第九」が待っているからである。秋山和慶先生の指揮による練習が行われるので、どうしてもそれを欠かすことが出来ないからだ。

「幻想交響曲」については何となく連絡がうまくいってなかったのか、サラーッと終わってしまって少し不安を感じたが、「第九」についてはきめ細やかな指導を受けた。しかし前年度のあの強烈な山田氏の指導とは似ても似つかぬものであった。果たして「王道の第九」となるのだろうか、センセは一抹の不安を感じたそうである。

いよいよ十二月十二日、本番を迎えた。センセは大いに「今度の指揮者は秋山和慶先生ですよ」と宣伝したのだが、聴衆は満足してくれたかどうか疑問であるという。そうして二〇一〇年は暮れていった。

あとがき

『マイネフントII』が二〇一一年八月に書き終わっているから、このIIIには二〇一一年の出来事も当然入るはずであるが、あの三月十一日の東北大震災については次のIVにまとめることにした。

ここでは二匹の犬の目、すなわち「スマイル」と「サスケ」を通して、私の後半の人生、つまり職を離れての自由な生き方の一つ、「大分第九」とのかかわりについてまとめた。

歴史的には二十世紀から二十一世紀へと大きな転換期に遭遇しているし、いまわしいあの戦争を経験した日本人にとっては戦後七十年を経験しているという忘れられない事実。私自身もよくぞ生存してきたものだとその感慨はより強いということもあり、改めて記録することにした。

内容は「第九」に偏っている面もあるが、一九八九年から二〇一〇年までに「第九」を海外（ウィーン）で演奏する機会を得て、それに付随するヨーロッパ各国へのエクスカーションに参加したりして、旅の記録も含まれることになった。「第九」については多くの方々（特に音楽の専門家の諸先生）の研究論文や書物が多くのファンの中で読まれている中で、稚拙な文を披露するのには私自身抵抗を感じたのだが、ど素人のあつかましさを以て、スマイルやサスケによって語らせてもらった。

語りの源泉になったのは「第九通信」の発行を認めて下さり、主な資料を提供して下さった村津忠久事務局長の非凡な叡智そのものといえる。加えて合唱指導の宮本修先生の特別講義をプログラムに組まれ、色々な音楽的視野の広がりを示唆して下さったことは、私をして未知の世界への一歩を踏み出す勇気を与えて下さった。ただただ感謝の念で一杯である。

宇宙の一つの星になっているニコ君も、全く今までとは異なる世界の通信や、スマイルやサスケからの送信を一生懸命に受信してくれた。今度こそ新しい受信機はもとより探査機を用意することを約束して今回の記録を終わりにしようと思う。

最後になりましたが、お世話になりました文芸社のスタッフの皆様、アシスタントの庭山昤子様、本当にありがとうございました。

丸山幸子

二〇一七年三月

参考資料

『鳴り響く思想　現代のベートーヴェン像』大宮眞琴・前田昭雄・谷村晃監修　一九九四・十・二十四　東京書籍
『ドイツ音楽の興隆』ジョーン・J・ビューロー編　関根敏子監訳　一九九六・八・十　音楽の友社
『ベートーヴェン音楽の哲学』テオドール・W・アドルノ　大久保健治訳　一九九七・一・三十　作品社
『ベートーヴェン大事典』バリー・クーパー監修　平野昭・西原稔・横原千史訳　一九九七・十二・三　平凡社
『ベートーヴェン楽想』梅木兜士彌　一九九七　新風社
『ベートーヴェン事典』平野昭・土田英三郎・西原稔　一九九九・八・三十　東京書籍
『ベートーヴェンとその時代』児島新　一九九八・四・三十　春秋社

『「楽聖」ベートーヴェンの誕生　近代国家が求めた音楽』西原稔
二〇〇〇・六　平凡社
『ベートーヴェン』門馬直美
二〇〇〇・九・二十　春秋社
『変革の魂、ベートーヴェン』石井清司
二〇〇二・九・十九　ヤマハミュージックメディア
『ベートーヴェンの「第九交響曲」〈国歌〉の政治史』
エステバン・ブッフ　湯浅史・土屋良二訳
二〇〇四・十二・十　鳥影社

著者プロフィール

丸山 幸子（まるやま さちこ）

1929年韓国生まれ
別府女子専門学校、慶應義塾大学卒業
別府大学附属高等学校社会科教諭を経て、大分女性史研究会、大分第九を歌う会の会員として現在も活動中

《著書》

『ヨーロッパかけある記』
『あの日から』
『マイネフント　僕らが育ったあの家のこと』（文芸社　2005年）
『マイネフントⅡ　僕らが育ったあの家の戦後』（文芸社　2011年）

マイネフントⅢ　僕らとセンセと音楽の物語

2017年5月15日　初版第1刷発行

著　者　丸山 幸子
発行者　瓜谷 綱延
発行所　株式会社文芸社
〒160-0022　東京都新宿区新宿1－10－1
電話　03-5369-3060（代表）
03-5369-2299（販売）

印刷所　株式会社フクイン

ISBN978-4-286-18380-0